dtv

»Vielleicht hätte ich mich noch damit einverstanden erklärt, als ein Opfer des Hasses zu fallen, ich kann aber nicht im Haß und mit dem Haß leben, ich kann nicht an ihm teilnehmen«, sagt ein jüdischer Arzt, als er Bosnien im Jahre 1920 verläßt. Er ist einer der Helden von Ivo Andrićs Geschichten aus Sarajevo, die zu den klassischen Texten der serbokroatischen Literatur zählen. Stärker noch als in den großen Romanen von Ivo Andrić ist auch in diesen Erzählungen das historische Wissen über die Konfliktregion Balkan bewahrt. Von Gewalt und Haß handeln sie, und das Bemerkenswerte an diesen zutiefst menschlichen Geschichten ist, daß der Autor nie nur von einer Seite berichtet, sondern die Seele des mörderischen Ustascha-Mannes genauso erforscht wie die seines Opfers.

Ivo Andrić, 1892 in Travnik/Bosnien geboren und 1975 in Belgrad gestorben, studierte in Zagreb, Wien, Krakau und Graz. Von 1920 an war er als Diplomat in verschiedenen europäischen Ländern, zuletzt als Gesandter in Berlin. Seine berühmten Romane ›Wesire und Konsuln‹ (1945; dt. 1961) und ›Die Brücke über die Drina‹ (1945; dt. 1953) schrieb er während seiner Internierung im Zweiten Weltkrieg. 1961 erhielt er den Nobelpreis für Literatur.

Ivo Andrić

Buffet Titanic

Erzählungen

Deutsch von
Milo Dor und Reinhard Federmann

Deutscher Taschenbuch Verlag

Von Ivo Andrić
ist im Deutschen Taschenbuch Verlag erschienen:
Die Brücke über die Drina (10765)

Ungekürzte Ausgabe
April 2000
Deutscher Taschenbuch Verlag GmbH & Co. KG,
München
www.dtv.de

Umschlagkonzept: Balk & Brumshagen
Umschlagfoto: © Image Bank/Tomek Sikora
Gesamtherstellung: C. H. Beck'sche Buchdruckerei,
Nördlingen
Gedruckt auf säurefreiem, chlorfrei gebleichtem Papier
Printed in Germany · ISBN 3-423-12762-7

Inhalt

Am Ufer

Sie nahmen sich vor, den Fluß zu durchschwimmen. Das war schon zum zweitenmal an diesem Tag.

Die Gruppe nackter, sonnengebräunter Leiber im Sand bestand aus den Schülern des Gymnasiums von Sarajevo, die gerade ihre Ferien in ihrer Heimatstadt am Ufer der Drina verbrachten. Sie waren alle zwischen der fünften und der siebenten Klasse. Obwohl sie in Sarajevo schon als junge Männer galten, waren sie hier, im Elternhaus lebend und sich an den Ufern des heimatlichen Flusses ihrer Kindheit tummelnd, wieder zu Kindern geworden; in ihren Spielen, Debatten und Unternehmungen mischten sich seltsam die Lebensäußerungen von Kindern, Knaben und jungen Männern.

An ihrem Flußufer, dem linken, war die Sonne schon untergegangen. Die Tage waren bereits kürzer, der Sommer ging zu Ende. Dieser Sommer, der zu Anfang so heiß und trocken gewesen war, daß nicht nur Obst, Gemüse und die Ernte verdorrt waren, sondern selbst das Gras bis hinauf zu den Almen, war auf einmal regnerisch und kalt geworden. Dieser schlimme Sommer hatte mit seiner Glut sogar noch die erste, schönere Hälfte des Herbstes verbrannt. Es schien, als sei der Monat September einfach übersprungen worden. Von der steilen Böschung des linken Ufers kam schon Abendkühle. Hier am Wasser, das auch im Sommer noch kalt war und jetzt bis zur Hälfte im Schatten lag, bekamen die jungen Männer eine Gänsehaut.

Das andere, rechte, Ufer lag noch ganz in der Sonne; es war übrigens reicher an Bäumen und Büschen, es sah im milden Licht der Nachmittagssonne festlich und üppig aus und lockte die Badenden am linken Ufer.

Einige lehnten den Vorschlag, noch einmal hinüberzuschwimmen, anfänglich ab. Eigentlich waren sie alle schon müde vom Schwimmen und vom langen Liegen in der Sonne hungrig, und mit den ersten Schatten meldete sich auch der Wunsch zu schlafen. Nach einer kurzen Auseinandersetzung, ohne die es bei sommerlichen Spielen zu keiner Entscheidung kommt, brachen sie auf.

Das dunkelgrüne schnelle Wasser, auf dem der Schatten des frühen Abends lag, empfing sie mit kaltem Schauer, und die Strömung trieb die leichten, ermüdeten und vom Baden hungrig gewordenen Körper ab. Doch kämpften sie dagegen an und schwammen mit kurzen Schreien, die sie vor Kälte ausstießen, und den Blick auf das andere Ufer gerichtet.

Dicht am Wasser war das andere Ufer nackt und felsig, ganz aus schräg gesprungenen und durchfurchten Platten von geädertem Stein. In der spärlich angeschwemmten Erde dieser schmalen Spalten und Sprünge wuchs nur hie und da ein Halm, seltener noch ein zwerghaftes Gänseblümchen oder eine winzige wilde Nelke mit anämischen, blaßblauen, kaum bemerkbaren Blüten, die manchmal sogar auch dufteten, aber mit einem ganz schwachen und unwirklichen Duft, eigentlich nur der Idee eines Dufts, einer Ahnung von anderen Landschaften mit kräftigeren, andersartigen Düften.

Höher hinauf wurde das Ufer plötzlich steil; dort gab es immer weniger Stein und immer mehr niedriges spitzes Gras, aus dem sich noch etwas höher Büsche und Schilf erhoben, und unterhalb der Straße, die in den Abhang eingeschnitten war, wuchsen große, dichte Trauerweiden, deren Wipfel bis zur Straße reichten und sie teilweise verdeckten.

Während es den Schwimmern, die gegen die kalte, reißende Strömung und gegen ihre eigene Müdigkeit ankämpften, gelungen war, den Fluß zu durchqueren, war die Sonne im Westen noch nicht untergegangen, als sie aber, einer nach dem anderen, ans Ufer sprangen und sich krampfhaft an den scharfkantigen Steinen festklammerten, lag auch dieses Ufer schon im Schatten. Die Sonne floh vor ihnen und schien ihnen unwirklich und unerreichbar zu sein wie eine Fata Morgana.

Als letzter sprang der blonde Marko ans Ufer. Sein Brustkorb hob und senkte sich sichtbar, und seine Augen suchten einen sonnenbeschienenen Platz am Ufer. Doch die Sonne war weiter fortgerückt und beschien nur mehr die abseits liegende Straße.

Auf dieser Straße lief wie auf einem gespannten Faden ein leichter Wagen, vor den zwei Schimmel gespannt waren. Auf dem Bock saß ein Kutscher mit rotem Fez, und im Wagen saßen zwei oder drei Frauen in weißen Kleidern. Die lebhaften Farben ihrer Sonnenschirme und Hüte, ihrer Spitzen und Schleier erglänzten und erloschen. Diese Schleier blitzten in der Sonne auf, flatterten und verschwanden, als hätte der Wind sie fortgetragen; und etwas später erschienen sie jedoch von neuem und wiederholten dasselbe trügerische Spiel. Die grünen Wipfel der Trauerweiden verdeckten Teile der Straße, sodaß es schien, als schwimme der Wagen bis über die Räder im Grün, und auch die Pferde, leicht und schnell, und über den grünen Wogen sah man nur die Köpfe der Pferde, den Kutscher auf dem Bock und die Frauen in den hellen, lebhaften Farben, die in der Ferne lockten wie bunte Blumen den Schmetterling. Frierend und vor Müdigkeit, Hunger und einem inneren Schauer schlotternd, betrachtete Marko dieses Schauspiel, bis der Wagen aus dem Grün herausschwamm und zwischen den ersten Häusern der Stadt verschwand.

Dann fuhr er zusammen, als erwache er gerade, und sah, daß neben ihm einer seiner Kameraden stand und ihn verspottete, indem er sein Zähneklappern nachmachte, obwohl er selbst eine Gänsehaut und blaue Lippen hatte und seine Augen vom vielen Baden und Tauchen ganz trüb geworden waren. Die anderen sprangen von einem Fuß auf den anderen wie in einem Negertanz und suchten sich glatte Stellen auf dem rauhen Stein des Ufers.

Die Sonne weiter zu verfolgen, hatte keinen Sinn. Auch die Hecken waren nun schon vom Schatten erfaßt, der immerzu wuchs und den Abhang hinaufstieg wie eine dunkle Flut. Es war aber auch nicht so leicht und gar nicht angenehm, zurückzukehren. Der Körper schmerzte und zitterte vor Müdigkeit, ihnen graute vor dem kalten

Wasser, und das Ufer, wo ihre Kleider zurückgeblieben waren und wo ihre Häuser standen, hatte ihnen nichts Neues und Verlockendes mehr zu bieten.

In dem Wunsch, vor dem Kameraden, der ihn verspottete, zu fliehen, ging Marko weiter flußaufwärts und setzte sich auf die Steine der Uferböschung; hier fand er eine kleine ebene Stelle, nicht größer als ein Handteller, auf die er sich niederließ. Er stemmte die Ellbogen auf seine Knie und bedeckte das Gesicht mit den Händen.

Das waren die frühen Abende, die qualvollen und undankbaren Jahre der ersten Jugendschmerzen einer Schülergeneration, die sich nicht zurechtfand. Gedanken quollen hervor und gerieten durcheinander, begleitet von Erinnerungen an die Kindheit und unbestimmten Ahnungen von einer ungewissen Zukunft. Alles war düster und nebelhaft und doch willkommen, weil es den Augenblick der Rückkehr ins kalte Wasser und zum anderen Ufer hinausschob.

Ja, dieses teils nackte, teils mit dichtem Gestrüpp bedeckte sandige Ufer war von jeher das Ufer seiner Sehnsucht gewesen. In seinem vierten Lebensjahr schon hatte er angefangen, an diesem Ufer zu spielen, im Sand herumzuwühlen und im seichten Wasser zu plätschern, und jeder kindliche Blick und jede Bewegung war von dem Wunsch begleitet gewesen, daß etwas geschähe, was die Eintönigkeit der allzu bekannten Landschaft und die versteinte Regelmäßigkeit der Jahreszeiten und der menschlichen Gewohnheiten durchbrechen und das Auge überraschen und erfreuen könnte mit etwas Neuem und mit der Schönheit des Menschen. Mit den Jahren änderte sich das Ziel der Wünsche, aber die Wünsche selbst wuchsen an Zahl und Stärke, ohne daß jemals einer erfüllt wurde, außer in der Phantasie oder in Erzählungen, von denen nichts blieb als der Schmerz der Enttäuschung.

Ja, mit Geschichten trösteten und betrogen sich auch seine Angehörigen und all die anderen, die an diesem armseligen linken Ufer lebten. Er wußte schon seit langem, was von diesen Geschichten zu halten war. Er war noch ganz klein gewesen, als er von seiner Großmutter die ersten Geschichten gehört hatte. Er hatte ihr versprechen müssen, brav zu bleiben und gleich ins Bett zu gehen und zu schlafen, und die Großmutter hatte ihm versprochen, ihm eine schöne Geschichte zu erzählen. Und was für Geschichten waren das? Man erzählte sie nicht den Kindern zuliebe, sondern sich selbst. Das hatte er schon vor langer Zeit eingesehen, und geahnt hatte er es schon damals.

Die Großmutter hatte erzählt:

»Hier, gleich in der Nachbarschaft, lebte einst eine Witwe mit einem Haus voller Kinder und ohne irgend etwas anderes. Es war schon nahe an Weihnachten, und im Haus gab es weder Fleisch noch etwas Süßes, die Kinder hatten weder Schuhe noch Kleider. Am Weihnachtsabend begann die Witwe zu weinen und klagte Gott ihr Los. Sie borgte sich gerade soviel Geld, um einen kleinen Fisch zu kaufen. Als sie den Fisch aufschnitt, fand sie darin einen goldenen Ring mit einem kostbaren Edelstein. Sie trug ihn in den Bazar und verkaufte ihn, und so hatten sie zu Weihnachten alles, was sie begehrten, und noch lange nachher.« Das sei Gottes Finger gewesen, hatte die Großmutter gesagt.

Diese Geschichte hatte gerade eine entgegengesetzte Wirkung auf ihn gehabt als beabsichtigt. Vom Erzählen müde geworden, war die Großmutter eingeschlafen, und der Knabe, von den seltsamen Bildern – Witwentränen, ein Fisch, ein glitzernder Ring – aufgeregt, wurde ganz munter und weckte die Großmutter, um sie über dieses ungewöhnliche Ereignis weiter auszufragen.

Damals und auch später fragte er unermüdlich und verlangte, daß man ihm erkläre, ob sich das Erzählte wirklich zugetragen habe, wo und wann das gewesen sei, wer den Ring verloren und wie der Fisch ihn geschluckt habe, und wie er gerade zu dieser Witwe gekommen sei. Aus den Antworten hatte er geschlossen, daß an der Geschichte nichts eindeutig und erwiesen war, daß die Erwachsenen ihre Geschichten nicht einmal selbst ernst nahmen; es gab zwar Witwen und Waisen und auch Fische, die man kaufen und verzehren konnte, aber einen Finger Gottes gab es nicht, und einen kostbaren Ring gab es auch nicht, nirgends und niemals. Später, als er die Volksschule beendet hatte und in die Welt der Bücher eingedrungen war, hatte er gesehen, daß seine Zweifel berechtigt gewesen waren; diese Geschichte war so alt wie das Elend der Menschen, die Geschichte vom Fisch und vom Ring wurde überall von armen Leuten erzählt, überall, wo es sie nur gab.

Daher hegte er einen dumpfen, tiefen Haß gegen Geschichten und Märchen und allerlei lächerliche Phantasieprodukte. Man mußte sie wie eine stinkende Lampe auslöschen und als einen unwürdigen Selbstbetrug wegwerfen. Man mußte die Wahrheit kennen und von der Wahrheit erzählen, und die Wahrheit war, daß es auf dieser Welt viele schöne Dinge gab, aber auch andere, und daß er und die Seinen nur an Wünschen und Sorgen reich waren. Die Wahrheit war, daß der Wunsch nach Schönheit in ihm brannte und daß diese Schönheit sichtbar war (sie fuhr sogar im Wagen vorbei!), aber ebenso unerreichbar und nicht zu fassen; sie ließ sich nicht einfangen, man konnte sie nicht stehlen, es gab nichts, wofür man sie kaufen konnte, man konnte sie den Menschen nicht entreißen und von Gott nicht erbitten; wie eine Erscheinung war sie, unwirklich und kurzlebig und doch teurer als alles, was lebte, wirklich und in Reichweite war.

Man mußte alles dem unerbittlichen Urteil der Wahrheit unterwerfen, nicht nur die Geschichten, sondern auch alles übrige, was man für wirklich und wahr hielt, was aber weder das eine noch das andere war. Was sind wir eigentlich, wir auf diesem sandigen Ufer? Mein Vater und mein Onkel nennen sich Händler; so nannte sich auch mein Großvater. Bei ihm konnte man das noch irgendwie mit der Wahrheit in Verbindung bringen, aber bei den Meinen ist es ein leeres Wort ohne Grund und Bedeutung. Nein, andere handeln, arbeiten und verdienen Geld. Andere leben und genießen das Leben. Mein Vater und mein Onkel glauben, Händler zu sein, nur weil sie jeden Tag ein paar Stunden in ihrem leeren Magazin absitzen, weil sie ernst und mit gesenktem Kopf über die Straße gehen und immer so aussehen, als seien sie von schweren Sorgen bedrückt. Sie nennen sich Hausherren und wohlhabende Leute, die in der Gemeinde etwas gelten. Sie glauben daran, zu leben und ihre Kinder großzuziehen, wie an eines der zahlreichen Märchen. Wie stehen aber die Dinge wirklich, wenn man allen Glauben und all die längst inhaltslos gewordenen Formeln wegwirft und all die Worte, Worte, die einst viel gesagt haben, und die heute nichts bedeuten? Was ist all das für sich selbst und an sich wert?

Das Häuschen ist von Mutters Großvater ererbt, genauso wie man eine Krankheit erbt. Es ist niemals hell, gesund, fest und schön gewesen. Jetzt ist es verfallen, beschämt und bedrängt von den neuen, moderneren Gebäuden, die es vor achtzig Jahren, als es erbaut worden ist, noch nicht gegeben hat. Gewiß, die Mutter plagt sich sehr, es instand und rein zu halten, ebenso wie die Frauen der zwei vorigen Generationen sich geplagt haben. Der Hof ist mit Blumen besät, aber ohne Ordnung und Auswahl, ärmlich, und das Haus ist vom Dach bis zum Fußboden weiß gestrichen, und der Sockel ist mit weißer Farbe angedeutet, mit einer traurigen, bleichsüchtigen Farbe; ein unwirklicher, ärmlicher Sockel. Der ebenerdige, kleine, nicht gestrichene hölzerne Windfang ist im Winter und im Sommer gleich gewaschen, sodaß sein Holz gelb leuchtet, und die Reben, die ihn umranken, verleihen ihm in den Sommermonaten den kurzlebigen, trügerischen Anschein einer bescheidenen Pracht; diese Rebe trägt auch Trauben, aber winzige, saure Trauben, ärmlich. Ja, es ist ein Haus, und es gehört uns, es ist aber ärmlich, schlecht fundiert, morsch; es war nie schön, und jetzt ist es häßlich; es war nie gesund und froh, nun ist es das weniger denn je. Es ist armselig geplant und gebaut worden und nun nähert es sich armselig seinem Ende. Dieses Haus ist Armut, ebenso wie seine Bewohner, die sich nicht zu den Armen zählen, weil sie es weder sich noch anderen eingestanden haben, und weil es ihnen noch niemand ins Gesicht gesagt hat. Aber auch diese ihre Armut scheint irgendwie zu altern. In der ersten Generation hat man sie noch ruhig ertragen und manche Freude in ihr entdeckt, aber mit den Jahren und der Entwicklung der Provinzstadt wurde sie von Generation zu Generation immer dumpfer, grauer und fand sich, gleichgültiger geworden, mit ihrem Elend ab, das sie nicht beim Namen zu nennen wagt; es ist ein Dauerzustand, man denkt nicht an Besseres.

Da gibt es keine Freude mehr, keine Bewegung und keine Erneuerung, und ohne dies ist das Leben kein Leben, sondern bloßes Vegetieren, Sklaverei.

Wie es mit dem Haus war, so war es auch mit der Nahrung und mit den Kleidern. Das bißchen Nahrung wurde mit Mühe beschafft und karg bemessen verteilt, mit wahrer Wut gespart und aufbewahrt, um am Ende nur den Atem im Menschen zu erhalten, ohne ihm Kraft und Freude zu geben. Er wußte das am besten, weil er schon seit vielen Jahren – seitdem er in Sarajevo zur Schule ging – Vergleiche anstellte, die seinen naiven jugendlichen Stolz verletzten und in ihm den Wunsch nach reicherer Auswahl, schöneren Farben und besserer Qualität erweckten.

Ja, sie alle lebten mehr von ihrer irrigen Vorstellung

vom Leben als vom Leben selbst. In ihrem Leben an diesem sandigen Ufer gab es Worte und Formeln und Zeremonien und düsteren Stolz und Eigensinn, es gab aber weder Überraschungen noch Veränderungen, noch echte Freuden, noch helle Stunden, in denen der Mensch ganz aufgeht. Und es gab niemanden, mit dem er darüber sprechen konnte, niemanden, der ihm helfen konnte, die Fragen, die ihn in den letzten Jahren bedrängten, zu lösen: Warum ist das so und warum geht es in einer anderen Welt, unter anderen Menschen, anders zu, und was müßte man tun, um das auch hier zu erreichen?

All diese Gedanken mischten sich und gärten in dem nackten Jüngling, der unbeweglich wie eine Statue auf dem Stein saß und alles um sich her vergaß. Und alles verwandelte sich in vergebliche Wünsche. Nicht nackt und ermüdet zu sein, nicht alles zu begehren, hier, auf dem steinernen Ufer, im Schatten eines Tages, der kühler wurde und in Dämmerung überging. Über sich keine unerreichbare Straße zu haben und noch viel fernere Passanten und Wagen, die so schnell Menschen und Leben irgendwohin entführten, und, wie ihm vorkam, auch Pracht und Schönheit, und vor sich nicht den eiskalten, tückischen und schäumenden Fluß und nicht am anderen Ufer das ihm allzu bekannte Elternhaus, in dem seine Schulbücher auf ihn warteten, ein karges Mahl ohne Gespräche und eine unfreundliche Lagerstatt. Etwas anderes zu sein, an einem anderen Ort, unter Menschen, die lebten, arbeiteten, etwas erwarben und es behielten, sich und den anderen zur Freude. Etwas von der Schönheit der Welt zu besitzen, die nur als ein augenblicklicher Schimmer, beinahe ungesehen, vorüberzieht, ein beflügelter Regenbogen im Vorbeihuschen; etwas von dem Überfluß zu besitzen, den es irgendwo geben muß, wenn man ihn auch nur ahnen kann!

Pracht und Schönheit! Sie konnten an diesen sandigen Ufern weder gedeihen noch blühen. Man konnte von ihnen nur träumen. Und doch tauchte in seinem Gedächtnis gerade jetzt etwas auf, was ihn daran erinnerte, ganz schwach und blaß und von fern, wie geträumt. Ein rotes Band auf dem grauen Sand, wie ein Flämmchen oder eine seltsame Traumblume: Rosa Kalina.

Sie war die Tochter des Finanzinspektors Anton Kalina, eines Tschechen der Herkunft nach, dessen Familie in Czernowitz eingedeutscht und naturalisiert worden war; dort, in Czernowitz, hatten sein Großvater und sein Vater eine Bierbrauerei besessen. Kalina war ein großer dürrer Mann in einer grünen Uniform mit silbernen Sternchen und Litzen auf dem hohen steifen Kragen und mit einem langen vernickelten Säbel. Das war das einzige an ihm, was Glanz hatte. Er war ansonsten düster und abgezehrt, so als bestehe er nur aus Haut, einer trockenen, groben, gespannten Beamtenhaut, auf der die Augen, der Mund und der Schnurbart unwirklich und trocken wirkten, als wären sie nur angemalt. Seine Bewegungen waren eckig und gebrochen, seine Miene finster, und seine Haltung stolz.

Frau Flora Kalina, genannt Lola, war ebenfalls groß und ungewöhnlich mager. Ihr Vater, Aurel Kopscha, war Präsident des Oberlandesgerichts in Czernowitz gewesen und ein berühmter Rechtsgelehrter; der Abstammung nach war er Rumäne, und doch ein fanatischer Anhänger alles Deutschen; seine Mutter entstammte der österreichischen Offiziers- und Adelsfamilie da Riva-Ritter. Vor vielen Jahren, als junges Mädchen, war sie eine schlanke Schönheit mit dichten schwarzen Locken und den feurigen Augen einer Sizilianerin gewesen; sie hatte die Herzen der jungen Männer aus den besseren Kreisen von Czernowitz der Reihe nach gebrochen und mit ihren kühnen und phantastischen Eskapaden die Gesellschaft, der sie angehört hatte, schockiert. Damals war Anton Kalina Fähnrich in der österreichischen Armee gewesen, weil der reiche Bierbrauer aus seinem Sohn um jeden Preis einen Offizier machen wollte. Die Liebesbeziehung zwischen dem unreifen Anton Kalina und der schönen Lola Ritter hatte, nachdem sie auf gesellschaftliche und gesetzliche Hindernisse gestoßen war, mit einem jener Skandale geendet, die in der exklusiven und wohlgeordneten Hautevolee der Monarchie von Zeit zu Zeit losbrachen wie Explosionen. Eines Nachts floh das junge Paar nach Rumänien. Dort erwarteten sie Entbehrungen, Hunger und Enttäuschungen jeglicher Art. Auf die Intervention der Eltern hin kehrten die Flüchtlinge nach anderthalb Jahren zurück, zusammen mit einem sechs Monate alten Sohn. Mit der Offizierskarriere Anton Kalinas war es aus, und er verschwand irgendwo im nördlichen Böhmen als Angehöriger des Finanzgrenzdienstes. Dort wurde die unruhige junge Frau Kalina in eine Liebesgeschichte mit einem jungen Tschechen verwickelt, der am Prager Konservatorium studierte. In Prag gebar sie auch ein Mädchen. Die Ehe, die aus romantischer Liebe hervorgegangen war, zerfiel dann, aber nicht ganz. Lola wurde nach der Geburt schwerkrank, blieb aber wie durch ein Wunder am Leben. Nach dieser Krankheit wurde aus ihr eine ganz andere Frau, eine abgemagerte, häßliche und düstere Frau Kalina.

Diesem Skelett waren von der einstigen Lola nur die großen Augen geblieben, die aber ohne Feuer und Glanz waren, zwei dunkle Löcher, durch die Frau Kalina ihre Umwelt bald mit einem bösen, bald mit einem traurigen Blick der einstigen Schönheit betrachtete, einer Schönheit, die weder die Vergangenheit ganz vergessen, noch sich mit der Gegenwart abfinden kann.

Danach avancierte Kalina zum Inspektor und wurde an die österreichisch-serbische Grenze versetzt, in das ferne und unbekannte Višegrad.

So kam das korrekte und vornehme Ehepaar Kalina – eigentlich nur zwei verdorrte und schiffbrüchige Menschen – in diese Provinzstadt und bezog das schöne weiße Haus des Finanzinspektorats mit dem prächtigen Blumengarten und dem großen Obstgarten. Mit ihnen kamen auch zwei Kinder, ein Knabe von vier Jahren und ein Mädchen, das gerade ein Jahr alt geworden war. Den Knaben schickten sie, kaum hatte er das schulpflichtige Alter erreicht, zu Verwandten nach Böhmen, und später ließen sie ihn in die Militärakademie eintreten. (Das war, wegen der Jugendabenteuer des Vaters, nicht so einfach, aber am Ende doch gelungen, und Inspektor Kalinas letzter und einziger Erfolg im Leben gewesen.)

Der junge Mann kam nur über die Ferien nach Višegrad. Er war klein, mager und schwarz und sah seinem Vater ähnlich. Er sprach nur deutsch und war immer allein, weil er hier weder Bekannte noch Kameraden finden konnte, die seiner Erziehung und seiner künftigen gesellschaftlichen Stellung entsprachen.

Die österreichischen Offiziere haben ihren besonderen, traditionellen und durch die Erziehung gefestigten Stolz, den sie allen Menschen gegenüber äußern, die ihnen nicht »gleichgestellt« sind, und das sind neunzig Prozent aller Menschen in ihrer Umgebung. Sie behandeln diese Menschen nicht grob oder mit offener Verachtung, sondern gehen hochmütig an ihnen vorbei, so als seien sie leblose Dinge oder Wesen niedriger Art. Der Sohn des Inspektors Kalina hatte sich diese Kunst schon früh angeeignet. Er trug eine tadellose Kadettenuniform, er besaß auch ein Fahrrad und eine Flinte zum Vogelschießen.

Das Mädchen hieß Rosa. Sie wuchs mit den Kindern von Višegrad auf und ging mit ihnen in die Schule. Sie war zart, blond, weißhäutig. Im Gegensatz zu ihrem Bruder lebte sie ganz mit den Kindern der Provinzstadt. Sie kannte nicht einmal eine andere Welt. Sie stach nur durch ihr Aussehen von ihrer Umgebung ab, denn so blondes Haar, so blaue Augen und eine solche weiß-rosige Haut gibt es bei uns nicht und kann es gar nicht geben.

Dieses herrschaftliche Kind – denn der Inspektor kam in unserer Provinzstadt in seinem Rang gleich nach den Offizieren – wuchs mit den Kindern der Unsrigen auf, freundete sich mit ihnen an und spielte mehr mit den Knaben als mit den Mädchen. Es hatte keine Angst vor den Knaben wie manche unserer Mädchen, sondern trieb sich mit ihnen am Ufer herum und nahm an ihren Spielen teil und sogar an ihren Auseinandersetzungen und Schlägereien.

Deshalb wurde sie in der Schule und oft auch zu Hause verwarnt, aber das half nicht viel. Für ihr Alter erstaunlich ruhig und gesammelt, betrachtete sie alles um sich her mit dem kühlen Blick ihrer himmelblauen Augen, bewegte sich gelassen und kühn, wie unantastbar, zwischen den wilden und unruhigen Knaben und entwaffnete sie mit ihrem entrückten Lächeln. Sie trug immer Kleider von hellen, bunten Farben; so zog ihre Mutter sie an. Den ganzen Sommer über konnte man sie von der Straße oder von der Brücke aus als einen hellen, brennenden Punkt zwischen den dunklen, über das Ufer verstreuten Knabengesichtern sehen: Rosa Kalina.

Einmal ging einer der Knaben grob mit ihr um, aber nur einer, und nur einmal. Es war Winter, und das Ufer war vereist. Die Kinder spielten vor dem verlassenen Schlachthaus am Osojnice-Bach. Unter ihnen war auch Blaško Lekić, ein frühreifer, breitschultriger und frecher Sohn reicher Eltern (sein Vater war Sofren Lekić, der als Bauernbursche in die Stadt gekommen war und als bescheidener Müller angefangen, sich aber während der Hungerjahre durch ungewöhnlich hohe Mehlpreise ein Vermögen gemacht hatte). Blaško wettete mit den Kameraden, daß er Rosa vor ihrer aller Augen das Kleid aufheben würde. Und er tat es auch. Einen Augenblick schimmerte vor den erstaunten Knabenaugen etwas, woran sie gar nicht gedacht hatten: die rosafarbene Haut inmitten der schneeweißen feinen Wäsche. Das überraschte Mädchen verteidigte sich nicht sonderlich. Es wurde nur plötzlich blaß, und ihre Lippen verloren die Farbe, so sehr, daß sie in dem bleichen Gesicht kaum mehr zu sehen waren, während ihre Augen dunkel wurden und einen dunkelgrünen bösartigen Glanz bekamen. Sie rückte nur schnell ihr Kleidchen zurecht, drehte sich um und ging bergauf nach Hause.

Sie kam zurück und trug in beiden Händen, so als trage sie eine Lanze, den Paradesäbel ihres Vaters, der länger war als sie selbst.

Die Knaben hüpften rund um Blaško im Schnee herum. Sie näherte sich langsam, mit gesenktem Blick, noch immer blaß. Getreu seinem Ruf stand Blaško herausfordernd da. Rosa kam auf ihn zu, faßte langsam und sorgfältig den Griff des Säbels und stieß plötzlich ohne auszuholen und heimtückisch mit der ganzen Kraft ihres Körpers die Säbelspitze in die Brust des Knaben, sodaß er taumelte und aufschrie. Die Spitze des Säbels, den Rosa in den Händen hielt, war blutig. Blutig war auch der Schnee, in den Blaško sich setzte.

Die Wunde war, wie sich später herausstellte, weder tief noch schwer, da Blaško eine Weste aus Lammfell trug, aber es war doch ein großes Ereignis in der Stadt und ein Skandal in der Schule. Hätte es sich nicht um ein Herrschaftskind gehandelt, dann wäre Blaškos Vater sicherlich zu Gericht gegangen; so erzählte nur Blaškos Mutter, die von ihrem einzigen Sohn nicht ohne Tränen in den Augen und ohne ein Zittern in der Stimme sprechen konnte (vier Mädchen und er der einzige Stammhalter!), daß die Tochter des Inspektors Kalina ein Räuberkind sei. Vielleicht hätte man Rosa auch aus der Schule ausgeschlossen, wenn sie nicht das gewesen wäre, was sie war; so wurden die Knaben und Mädchen in der Schule nur streng verwarnt, und die Lehrerin bat Inspektor Kalina, seine Tochter selbst zu bestrafen. Er versprach es auch zu tun, kurz und mechanisch, wie etwas Selbstverständliches. Es war jedoch leichter zu versprechen als durchzuführen.

In dem hochgelegenen weißen Haus, das vom Obstgarten umgeben war und in dem Inspektor Kalina mit seiner Familie wohnte, herrschte eine wahre Hölle: Jeder der Eheleute zog nach seiner Richtung am Strang, wie zwei Verurteilte, die einander bis zum Wahnsinn haßten, und so zogen sie immer mehr den Familienknoten zusammen, bis ihn niemand mehr entwirren konnte, ebenso wie sie selbst einander weder näherkommen noch voneinander loskommen konnten. All das war natürlich verborgen und umzäunt wie mit stählernen Mauern und Dächern von den Rücksichten und Konventionen einer österreichischen Beamtenfamilie und von den unauflöslichen und unantastbaren Gesetzen der katholischen kirchlichen Ehe.

Gewiß, es kommt vor, daß Männer beim Trinken oder Frauen in Anfällen von Tränenseligkeit etwas von den Qualen einer solchen unglücklichen Ehe erzählen können. Doch niemand von ihnen wagt es und versteht es, alles zu sagen, und keiner von ihnen ist dazu imstande, weil jeder nur seine Hälfte der Qual sieht. Deshalb kann man auch die ganze Wahrheit einer solchen Ehehölle weder erkennen noch erfassen. Die Menschen auf der Straße, die Inspektor Kalina und seine Gattin jahrelang jeden Sonntag, hochaufgerichtet, ordentlich und feierlich gekleidet – in Tuch, Seide, Federn und Silberlitzen – spazierengehen sahen, konnten das Vorhandensein dieser Hölle nicht einmal ahnen, geschweige denn ihre Abgründigkeit und Grausamkeit begreifen. Das Schrecklichste an ihr war, daß sie verborgen und geheim bleiben mußte. Was aber die Leute nicht ahnten, wußte die Tochter Rosa schon seit frühestem Alter.

Vor solchen stillen, scharfsinnigen, empfindlichen und verschlossenen Kindern kann man derartige Dinge kaum verbergen. Sosehr die Eltern sich auch bemühen, sich vor den Kindern nicht zu verraten, manchmal in ihren Anfällen von Zorn und Haß vergessen sie sich aber doch, oder es entgeht ihnen, daß das Kind, das neben ihnen heranwächst und reift, alles mit anderen Augen sieht als einige Zeit vorher. Noch ehe sie in die Schule ging, ahnte Rosa schon, daß es zwischen ihren Eltern ständigen Kampf gab, einen stummen und unblutigen, aber häßlichen und wilden Kampf, und mit der Zeit sah und erfuhr sie noch mehr. Daß sie den Gegensatz zwischen ihren Eltern und die Ursachen des Mißverständnisses mit ihrem kindlichen Hirn nicht in ihrem ganzen Umfang begreifen konnte, machte die Sache noch schrecklicher und ungeheuerlicher.

Wie viele österreichische Beamte in den Provinzstädten hatte sich auch Inspektor Kalina mit den Jahren an den Schnaps gewöhnt, an den guten, heimtückischen und für den Fremden besonders gefährlichen Sliwowitz aus der Drina-Gegend. Es war seine Pflicht, im Herbst und im Winter, wenn man in den Dörfern Schnaps brannte, durch seinen Dienstbereich zu reisen und seine »Kontrollorgane« zu inspizieren, da sie oft der Versuchung erlagen, nach ihrem Dienstgang mit den Bauern beim Kessel zu bleiben und zu trinken. Jede solche Dienstreise bei Regen und über schlammige Bergstraßen brachte ihn selbst immer mehr dazu, am warmen Kesselfeuer zu sitzen, beim Duft des am Spieß gebratenen Fleischs und im Dunst des Zwetschkenschnapses, der schon für einen Einheimischen ein Fluch sein kann, für einen Fremden aber, der sich ihm vollkommen ergibt, den Untergang und einen langsamen, häßlichen Tod bedeutet. Inspektor Kalina gehörte nicht zu dieser Art Menschen. Er trank, er trank ziemlich viel, und von Jahr zu Jahr immer mehr, er verstand es aber trotzdem, ein gewisses Maß zu halten und seine äußere Erscheinung und die Würde seines Berufs und seiner Stellung zu bewahren. Aber der Schnaps bricht irgendeinmal durch und rächt sich wie ein böses Weib an dem, der ihn insgeheim, aber andauernd und ausgiebig genießen will.

In Kalinas Fall brach der Schnaps während der Familienstreitigkeiten durch. Er verschärfte und vertiefte sie und räumte alle Zäune der eingedrillten Rücksichten beiseite. Je mehr und je besser er sich im Dienst und vor den Leuten beherrschte, um so mehr ließ er sich im Streit mit seiner Frau gehen.

Diese schweren, unbegreiflich schmerzlichen Zerwürfnisse ihrer Eltern lagen für Rosa irgendwo zwischen Wirklichkeit und Traum, sie waren zugleich gespenstisch und real. Sie konnte sich nicht mehr erinnern, wann sie zum erstenmal, wie in einem schweren Traum, mit geschlossenen Augen und nur halb wach die Stimmen ihres Vaters und ihrer Mutter gehört hatte.

»Schrei nicht so, Anton! Du wirst das Kind wecken!«

»Das Kind! Was für ein Kind? Wessen Kind? Dein Kind!«

»Ich bitte dich, fang nicht mehr von dieser alten Geschichte an und laß mich endlich in Ruh! Leg dich nieder und schlaf!«

»Leg dich nieder! Schlaf, dummer Kalina. Ich bin aber nicht betrunken. Wer schlafen will, soll schlafen, bitte. Das Kind! Ich habe ein Kind, meinen Sohn, aber das hier ...«

»Schon wieder!«

»Ja! Immer wieder! Es ist das Kind eines Musikanten, eines Artisten, aber nicht meins! Du mußt es doch am besten wissen.«

»Anton!«

»Was heißt Anton? Wir sind uns schon lange darüber klar! Was verstellst du dich? Dein schöner blonder Musikant hat uns die Ehre erwiesen, uns seinen Bastard zu hinterlassen, damit ich das Kind ernähre. Schön. Und unter meinem Namen. Vor der Welt und vor den Gesetzen ist alles in Ordnung. Kein Skandal. Das Kind kann nichts dafür, und ich bin ein ordentlicher, ehrenhafter Mensch. Darum muß ich aber noch lange nicht in meinem eigenen Haus auf Zehenspitzen umhergehen und flüstern.«

»Hör endlich auf!«

Dann gab es ein ersticktes Hin und Her, die Stimmen verloren sich hinter der verschlossenen Tür, aber der undeutliche Streit und der dumpfe, schwere Schlag der Faust auf den Tisch drangen selbst aus dem Gästezimmer herüber.

Schließlich ging alles in bleiernen Schlaf über und vermischte sich mit quälenden Traumbildern.

Seither hatte sie Vater und Mutter nie mehr über diese unverständliche, schreckliche Frage streiten gehört. Es kam aber vor, daß sie Bruchstücke ihrer Streitigkeiten undeutlich wahrnahm, zornige Bewegungen, böse und verächtliche Worte, die mit erhöhter Stimme ausgesprochen wurden. Das alles wurde immer wieder jäh unterbrochen, sobald die Eltern bemerkten, daß sie zuhörte. So gewöhnte sie sich daran, ihre Gespräche zu belauschen und ihr Benehmen zu beobachten, in der ständigen Furcht vor ihren Haßausbrüchen. Oft schloß sie die Augen und lag zusammengekrümmt in der Ecke des breiten Kanapees, so als ob sie schliefe, und lauerte auf jede ihrer Bewegungen und jedes ihrer Worte, in dem Bestreben, endlich draufzukommen, was zwischen ihren Eltern überhaupt im Gange war. Sie wünschte von ganzem Herzen, daß ihr nichts von dem Streit entgehen möge, wenn es wieder dazu kam, und noch intensiver wünschte sie sich, daß es nicht dazu kommen möge.

Sie strengte sich an, das Geheimnis und das Wesen der Auseinandersetzung zwischen ihren Eltern zu ergründen und zu begreifen. Sie war nicht erwachsen genug, um es zu verstehen, und doch schon zu groß, um

Vater und Mutter danach zu fragen. Sie war nie imstande, Erklärungen von ihnen zu verlangen.

Kinder von Eltern, die in Zwietracht leben, fassen oft eine Vorliebe für einen der Elternteile. Bei Rosa war das nicht der Fall. Sie fürchtete sich vor Vater und Mutter wie vor einem einzigen geheimnisvollen, widerwärtigen und gefährlichen Wesen. Wenn kindliche Gefühle voll ausgebildet wären und einen bestimmten Inhalt, eine Form und einen Namen hätten, dann hätte man sagen können, daß sie ihren Vater haßte und ihre Mutter verachtete. So waren es nur unbeständige und ungleichmäßige Schwingungen quälender Gefühle, in denen es auch Ruhepunkte gab, Vergessen, fröhliche Tage ungetrübten Vergnügens; dann fand sie sich mit ihren Eltern ab und mit der ganzen Welt. Doch die Angst vor den Eltern und ihrer undeutlichen, aber unbezweifelbaren Zwietracht verschwand nie ganz, sondern kehrte immer wieder, früher oder später, in seltsamen und unerwarteten Anfällen. Und als sie schon zu vergehen schien und zu heilen wie eine Wunde, tauchte sie plötzlich wieder auf, jäh, mit dem dumpfen Klappern der Zigeunermühlen, mit dem heiseren Schrei einer erschrockenen Krähe am Ufer. Dann erkannte sie plötzlich die Stimmen der Eltern, die sie im Halbschlaf gehört hatte: die des Vaters, zornig, von Flüchen begleitet, und die der Mutter: böse und undeutlich wie ein unterdrücktes Zischen.

Im nächsten Sommer, als ihr Bruder über die Ferien nach Višegrad kam, führte sie ihn gleich am ersten Tag ans Ende des Obstgartens, wo neben dem Zaun hohe Weidenbüsche wuchsen, als wolle sie ihm dort etwas

Geheimnisvolles und Ungewöhnliches zeigen. Sie kam ganz nah an ihn heran und sah zu ihm auf, um seinen Blick zu erhaschen. Dann sagte sie, plötzlich blaß geworden, mit veränderter Stimme:

»Carlo, sie ... streiten miteinander.«

Mit aufgeknöpfter Bluse, beide Hände in den Taschen seiner engen weißen Kadettenhose, groß und mit gegrätschten Beinen dastehend, sah er sie von oben herunter spöttisch an und sprach in dem künstlich blasierten Tonfall des künftigen Offiziers:

»Na und?«

»Aber Carlo, du weißt nicht, du ahnst gar nicht, wie sie ... was sie ...«

»Dumme Gans. Alle Paare streiten in der Ehe. Was weiter?«

Er sprach mit vorgespiegelter Reife, mit gekünstelter Stimme, kauend, als hätte er ein weiches Bonbon im Mund.

Sie versuchte nie mehr, mit ihm darüber zu sprechen; sie zog sich noch mehr in sich zurück. In der Schule war sie mittelmäßig, zu Hause hörte sie nur zerstreut zu, wenn man ihr etwas auftrug, und davon führte sie nur das aus, was ihr paßte, und soviel sie wollte. Ihre Eltern hatten keinen wirklichen Einfluß auf sie, auch keinen richtigen Kontakt mir ihr, vor allem ihr Vater nicht. Seine Geschenke und Zärtlichkeiten nahm sie ohne besondere Freude entgegen, und seine Vorwürfe und Mahnungen ohne besondere Aufregung. Oft genug entstand eine unangenehme Situation, wenn sie, anstatt eine Frage zu beantworten, ihren Vater oder ihre Mutter beharrlich von der Seite ansah. Dieses Schweigen und dieser Blick beeinträchtigten die Atmosphäre im Hause des Inspektors Kalina noch mehr.

Trotz aller Verbote verkehrte das Mädchen mit den Zigeunerkindern aus Osojnica, ging in ihre Häuser und kletterte auf die Maulbeerbäume in ihren Höfen. Sie strolchte mit den Knaben am Wasser entlang und half ihnen, kleine Fische fangen, Kanäle und Reusen bauen. Sie war wie ein Kamerad unter Kameraden, und die Knaben sahen ihresgleichen in ihr.

Doch die Jahre vergingen, die Kinder wurden immer größer, und Rosa entwickelte sich. Sie wurde weder besonders stark noch groß, es schien aber, als ströme gleichmäßig und beständig, langsam, aber bemerkbar, eine feine Materie in sie ein, etwas Undefinierbares wie eine rosige Flüssigkeit oder ein klares Licht. Es war unmöglich, dies nicht zu bemerken und noch schwerer, so zu tun, als sähe man es nicht.

An diese Jahre erinnerte sich Marko, während er nackt, das Gesicht in den Handflächen und zitternd auf dem harten Felsen saß. Er erinnerte sich mit übernatürlicher Deutlichkeit, als wäre dieses Sichbesinnen eins mit der quälenden Kälte des felsigen Ufers. – Er war damals in der vierten Klasse gewesen und Rosa in der dritten. Damals begann Rosa, Unruhe um sich zu verbreiten. Immer mehr und immer öfter sprach man von ihr, und zwar nicht, wenn sie alle zusammen waren, sondern nur zu zweit, in entlegenen Winkeln und leise. Diese Gespräche bestätigten, daß sie Rosa zum erstenmal auf eine neue

Art bemerkten und daß sie ihren Worten und Bewegungen mehr Aufmerksamkeit schenkten als bisher. Sie war nun nicht mehr ihr Anhängsel und ihre gehorsame Gehilfin, sondern sie schwang sich bei den gemeinsamen Spielen zu ihrem Richter auf, und ihre Zuneigung wurde zu einer Art verschwiegener Belohnung in allen ihren Auseinandersetzungen und Wettkämpfen.

Rosa blieb immer gleich, unerschütterlich ruhig und schweigsam, aber in ihrem Verhalten war unsichtbar der Keim jener grausamen Ruhe, mit der die erwachsenen Schönen sich unter den Männern bewegen, die sich um sie balgen.

Bei den Knaben verbreitete und befestigte sich die Meinung, daß derjenige unter ihnen, dem Rosa erlauben würde, sie zu küssen, ein Glückspilz sei. Sie wußten selbst nicht, woher dieses Glück kam, wie es aussah und worin es bestand. Alles, was sie vom Küssen wußten, war das Wort, das sie den erwachsenen Burschen, die nachts auf der Brücke Lieder davon sangen, abgelauscht hatten. Es war für sie nur ein neues Wort und eine undeutliche Ahnung. Doch auch diese Ahnung hatte keine bestimmte Form und kein klares Ziel, noch irgendwelche Verbindung mit ihrem wirklichen Leben und ihren tatsächlichen Bedürfnissen. Aber immer wieder fiel dieses Wort in ihren Gesprächen, und diese Ahnung hörte nicht auf, sie zu beschäftigen.

Die Frage, wer Rosa küssen würde, war sinnlos und unwirklich, und niemand kannte ihre wirkliche Bedeutung; sie kehrte aber immer wieder, bis sie eines Tages wirklich entschieden wurde.

Achmo, der Sohn des Kaffeehausbesitzers Ibrahim, war mit Marko gleichaltrig und sein guter Freund. Er war klein, aber kräftig, mit dunkler Haut und schneeweißen, auseinanderstehenden Vorderzähnen, lebhaft, behend, großzügig und immer gut gelaunt. Er trug immer eine zerschlissene Pluderhose aus Atlas, eine zerrissene Weste und einen formlosen, gebleichten Fez. Das alles hatte er von seinem älteren Bruder geerbt. Er sah lustig und altklug aus, und alle hatten Vertrauen zu ihm. Mit Marko teilte er noch den letzten Würfel Zucker, den er im Kaffeehaus seines Vaters heimlich aus der Blechdose genommen hatte.

Eines Tages, zu Anfang des regnerischen Sommers, zog Achmo seinen Freund Marko mit wichtiger und ernster Miene zur Seite. Er teilte ihm leise und beinahe so sachlich, als handle es sich um einen gemeinschaftlichen Beschluß, mit, daß die Frage des Kusses gelöst sei. Rosa habe sich entschieden: sie wünsche, daß Marko sie küsse. Bei diesen Worten fühlte der Knabe, wie ihn ein feuriger und rauschender Hauch plötzlich aufhob; zugleich erschrak er vor diesem Rauschen und vor der Höhe, auf der er sich nicht halten und von der er nicht herabsteigen konnte. Scham und Angst waren stärker in ihm als Freude und Stolz des Siegers. Er war seit jeher schüchtern gewesen. Als sie noch »ganz klein« gewesen waren, hatten einige Kameraden mit Kreide in ungelenken Buchstaben auf die Zäune geschrieben: »Jelka liebt Dragan« oder »Pajkan liebäugelt mit Saveta«, ohne natürlich zu wissen, was das bedeutete, aber mit der Absicht, die anderen zu verspotten und dem Gelächter preiszugeben. Marko hatte sich immer davor gefürchtet, eines Tages seinen Namen auf dem Bretterzaun zu sehen. Und dann kam plötzlich ein solches Angebot! Es war zugleich eine Heldentat und die Belohnung dafür. Es war, als hätten die längst vertrauten Dinge am Ufer, das Spiel und die Lieder, das Wasser und der Nebel, der Sand und die Blätter, Tag und Nacht plötzlich aufgehört, verschwommen, namenlos und alltäglich zu sein, als hätten sie ihren gleichmäßigen Lauf eingehalten und einen neuen Aspekt bekommen, und als trügen sie nun Rosas Namen und seinen. Es war schön und schrecklich – eher schrecklich als schön.

Alles entwickelte sich mit magischer Geschwindigkeit, als hätte es von jeher ein bestimmtes Ritual dafür gegeben, an das man sich nur halten mußte. Achmo übernahm die Durchführung, gewissenhaft und lustig, im Namen aller Kameraden.

Gleich nach dem Essen, als noch nicht so viele Kinder am Ufer waren, traf Marko sich mit Achmo auf der Sandbank, bis zu der die großen Trauerweiden wuchsen. Bald darauf erschien in der Ferne, pünktlich und unaufhaltsam wie im Märchen, ein rotes Band, nichts als ein brennender Punkt am grauen Ufer, eine Blume, die sich bewegte. Rosa kam langsam näher. Sie ging vorsichtig und sah vor sich nieder, mit gleichmäßig langsamen Schritten und in gleichgültiger Haltung.

Die Trauerweiden waren hier alt und groß, und ihre Zweige wuchsen dicht und niedrig auf den graugrünen Stämmen. Die Kinder mußten sich bücken, um zwischen die Weiden zu gelangen. Achmo ging als erster hinein, zwischen zwei Stämmen, wie durch eine Tür. Dann ging Rosa hinein, langsam und zögernd und nicht an derselben Stelle, sondern ein, zwei Schritte weiter. Erst nach ihr schlüpfte Marko durch; er bebte am ganzen Körper.

Sie bückten sich so tief, daß sie beinahe auf allen vieren gingen. Schon nach wenigen Schritten standen sie unter einem dichten Geflecht aus Zweigen, das wie ein schweres Dach kein Licht von oben durchließ; überall waren sie von den dichten Massen harter Weidenblätter umgeben, die aussahen, als seien sie gemalt. Jeder von ihnen konnte hören, wie die anderen sich einen Weg durch das Dickicht von Blättern und Gestrüpp bahnten, und wie sie einander immer näherkamen. Bald fanden sich alle drei auf einem freien Platz, der von allen Seiten mit dunklen und grünen Wänden aus Blättern und Stämmen umschlossen war. Marko stand Rosa gerade gegenüber, während Achmo sich etwas abseits hielt. Die schwere grüne Masse über ihren Köpfen war so niedrig, daß sie nicht aufrecht stehen konnten. Der feine Sand unter ihren Füßen, feucht und dunkel, war unberührt und wie gefroren; er zeigte Kurven und Wellen, die von der letzten Überschwemmung zurückgeblieben waren.

Die Kinder waren verwirrt und stumm. Es war unmöglich, längere Zeit so gebückt zu verharren. Achmo ließ sich als erster nieder. Er lehnte mit dem Rücken an einem dicken Weidenstamm und hockte auf seinen Fersen wie ein Schneider in seinem Laden. Dann hockte sich auch Rosa nieder, mitten auf der Lichtung, ganz auf bosnische Art, wie die Zigeunerinnen aus Osojnica, die Hände im Schoß gefaltet. Ängstlich und ungeschickt ließ sich

Marko vor ihr nieder. So hockten sie atemlos und ohne sich zu bewegen, als hätten sie eine Falle vor sich, in der sie einen seltenen Vogel fangen wollten. – Alles war still und stumm, wie weit von der Welt entfernt oder am dunklen Eingang zu einer anderen Welt. Die Luft war dick und feucht. Nur schwach spürte man den leichten Hauch des fließenden Wassers im scharfen und schweren Geruch der Trauerweiden. Es herrschte vollkommene Stille. Die Zeit war weder zu spüren noch zu erkennen. Alle drei blieben unbeweglich und schwiegen. Daß sie sich vom Ufer entfernt hatten und in dieses Dickicht und in diese Stille eingedrungen waren, ungesehen und von den anderen getrennt, war schon genug, um das zu bedeuten, was es bedeuten sollte. Daß Rosa sich damit einverstanden erklärt hatte, veränderte nicht nur die Beziehung zwischen ihnen, sondern auch ihre ganze Umgebung.

Dann hob Marko langsam und unsicher seinen Blick. Rosa war ihm so nahe, als hätte sie sich ihm unbemerkt genähert; dabei hatte sie sich nicht von der Stelle gerührt. Ihr kleiner Körper duckte sich noch immer in seiner Hockstellung, und die gefalteten Hände in ihrem Schoß wirkten verloren. Sie hielt ihren Blick gesenkt, und auf ihren Lidern lagen leichte graue Schatten. Ihre Knie waren zusammengepreßt, und der Saum ihres blauen Kleides lag darüber; sie hatte ihn nicht schamhaft heruntergezogen, wie es unsere Mädchen sonst bei jeder Gelegenheit tun. Darunter waren die zusammengepreßten nackten Waden, und dazwischen ein Schatten. Auch Rosa war, so schien es ihm, voll Erwartung, die aber nicht so qualvoll zu sein schien wie seine.

Der Blick des Knaben ging weiter und begegnete dem glänzenden ungeduldigen und aufmunternden Blick Achmos. Sein guter Kamerad preßte die Lippen aufeinander und wies mit einer seltsamen Bewegung seines Kinns auf das Mädchen, als wolle er damit sagen: »Los, du Narr!«

Und er beugte sich vor; nicht jäh, sondern allmählich, in der Erwartung, daß auch sie eine Bewegung in seiner Richtung machen würde. Doch das Mädchen rührte sich nicht, nur ihre Lider flatterten und ließen immer wieder ganz kurz den Schimmer ihrer großen blauen Augen sehen, die den Glanz und die Kostbarkeit unbekannter Edelsteine hatten.

Von Achmos Blick angefeuert und in dem dunklen Bewußtsein dessen, wozu sie hergekommen waren und was er zu tun hatte, näherte der Knabe, so schwierig und unmöglich ihm das auch erschien, sein Gesicht ihrer rechten Wange, die unbewegt blieb. Ihre Wange war kalt, rosig und wie es ihm schien, breiter als eine Wiese; keine Wärme, kein Duft, sondern auch hier ein Hauch vom Wasser und vom leeren Ufer, vermischt mit dem scharfen Geruch der Trauerweiden, der ihm bekannt war und gewöhnlich wie das Leben.

Das war es also: Küssen? Ja, aber es war nichts daran von dem, was dieses Wort in den Gesprächen zwischen ihm und Achmo enthalten hatte, als sie das Rendezvous hier unter den Trauerweiden vereinbart hatten. Es war ganz anders: unangenehm. Er spürte seine Nase als ein Hindernis; seine Lippen waren holzig und wollten ihm nicht gehorchen. Ihre blonden Haare waren hart und scharf wie Metalldrähte, sie kitzelten seine Augen, und er wagte nicht, sie beiseite zu schieben, weil er sich seiner Hände gar nicht bewußt war. Und sie rührte sich nicht, wie zum Trotz, und sagte nichts, sie zog ihn nicht an sich und stieß ihn nicht zurück.

Es war leer und trocken wie alles an diesem Ufer und ein bißchen unangenehm und beschämend. Entweder war dies nicht der Kuß, den er aus Liedern und von undeutlichen Ahnungen her kannte, oder erfüllten die Küsse vielleicht nicht das, was sie in Liedern und Ahnungen versprachen? Woher sollte er das wissen?

Zweimal noch näherte er seine Lippen dieser Wange, doch das Wunder wollte sich nicht entzünden, wie es beim Küssen sein sollte – so hatte er gehört. Das Mädchen rührte sich nicht, und die Zeit verstrich. Er hörte in den Ohren ein schreckliches Brausen und fragte sich immerzu: was soll ich jetzt tun?

In seiner Verwirrung und in seinem Zweifel schaute er an dieser schrecklichen kalten Wange vorbei hilfesuchend zu Achmo. Aber Achmo war nicht mehr da. Er blinzelte ungläubig; doch sein Kamerad war wirklich verschwunden. Er hatte sich unhörbar entfernt, während Marko sich wie ein Märtyrer, mit geschlossenen Augen, bebenden Herzens und mit jenem schrecklichen Brausen in den Ohren bemüht hatte, das wahrzumachen, was man einen Kuß nannte.

Beide standen zugleich auf, und ihre Köpfe unter den niedrigen Zweigen neigend, brachen sie wortlos und ohne Berührung auf und strebten auf getrennten Wegen zum Ufer zurück. Sie hörten einander lange noch, vom

Rascheln der Blätter und vom Knacken der Zweige, aber immer schwächer, weil sie sich immer mehr voneinander entfernten, bis sie schließlich ganz weit voneinander waren.

So verloren sie einander für immer. Denn das war das Ende des kindlichen Traums vom Kuß. Die Knaben erfanden schon nach einigen Tagen neue und andersartige Spiele am Ufer und abenteuerliche Unternehmungen in der Umgebung. Sie entfachten auf dem Berg ein großes Feuer, das die Aufmerksamkeit der ganzen Stadt erregte, weil es auch den Kiefernwald erfaßte, die Leute weckte, die Feuerwehr mobilisierte und großen Schaden anrichtete. Sie machten einen Streifzug in eine Höhle, die nicht weit von der Stadt entfernt war, und dort brach sich ein Knabe beide Beine. Dann mußte Marko nach Sarajevo, wo er ins Gymnasium eintrat.

Als er im nächsten Sommer mit seinen Kameraden nach Hause kam, war Rosa nicht mehr da. Sie war mit der Volksschule fertig, und ihre Eltern hatten sie zu Verwandten in die Tschechoslowakei geschickt, von wo sie nie mehr in ihr Elternhaus zurückkam, weder in den Ferien noch zu den Feiertagen. Seither waren sechs Jahre vergangen. Die Knaben gingen nach Sarajevo und kamen jeden Sommer auf Urlaub. An Rosa dachte keiner mehr, und niemand sprach von ihr. Erst in diesem Sommer drang eine Nachricht von Rosa Kalina in das Städchen; sie war kaum fünfzehn, und doch hatte sie in der Tschechoslowakei schon etwas angestellt, was sich nicht ziemte: sie war mit einem Künstler davongelaufen. Niemand wußte, mit was für einem Künstler, noch wie, noch warum. Man wußte nur, daß es etwas Unerlaubtes und Ungewöhnliches war. Aber auch das wurde bald vergessen. In der Erinnerung der Gymnasiasten, die hier am Ufer badeten, war Rosa Kalina für immer verblaßt, ebenso wie ihre erste, kindische, lächerliche Ahnung vom Küssen. Nur noch in einer solchen Abendstunde konnte unter den geschlossenen, von kalten Handflächen bedeckten Lidern etwas auftauchen wie das Bild des grauen, sandigen Ufers, über das ein roter Punkt wie ein Flämmchen irrt.

Dieses sandige Ufer mit seinem einzigen Lichtpunkt vor seinem inneren Auge geriet plötzlich ins Wanken, wurde hochgerissen und verlor sich im weißen Sand, wie eine Landschaft auf der Kinoleinwand, wenn der Filmstreifen plötzlich abreißt. – Ein nicht einmal so kräftiger, aber jäher Schlag hatte Marko aufgeschreckt und all seine Phantasien und Bilder plötzlich verjagt. Einer seiner Kameraden war unhörbar zu ihm getreten und hatte ihn mit der nassen Hand auf den nackten gebeugten Rücken geschlagen. Marko sprang auf. Er war mit dem groben Schlag zu sich gekommen und stand nun am Rand des steinigen Ufers. Um ihn standen im Halbkreis seine Kameraden, die sich geräuschlos angeschlichen hatten, und die jetzt einen Tanz aufführten und schrien. Ihr Rädelsführer war Blaško Lekić, der ihn mit seinem Schlag aufgeweckt hatte und ihm jetzt lachend zurief:

»Steh auf, du Muttersöhnchen!«

»Ein Muttersöhnchen ist dein Sofren, das Milchkind!« antwortete Marko ihm unerwartet böse und grob, als hätte er sich seit langem auf diese Antwort vorbereitet.

Nun war es vorbei mit der Kälte des Abendschattens und mit dem Zittern bei dem Gedanken an das kalte Wasser. Die Kälte hatte ihn bis ins Mark durchdrungen, er selbst war die Kälte, er spürte sie nicht mehr und zitterte nicht mehr. Er drehte sich zornig um, hob die Hände und sprang kopfüber in das dunkelblaue schnelle Wasser unter den Felsen, als suche er darin Rettung.

Das Wasser war kälter und schneidender, als man es sich vorstellen konnte, es schmerzte mehr als jede Ahnung davon. Sobald er aber auftauchte, strich sich der junge Mann mit einer entschlossenen Bewegung die Haare aus der Stirn und begann, zum anderen Ufer zu schwimmen. Er hörte, wie hinter ihm auch die anderen in den Fluß sprangen und bei der Berührung mit dem kalten Wasser aufschrien. Er drehte sich aber nicht um, sondern holte immer stärker und schneller aus und entfernte sich immer mehr. Er fühlte seinen Körper nicht und wußte nicht, wie er hieß. Er sah, wie das gegenüberliegende Ufer immer näher kam und immer deutlicher wurde, und dieser Anblick gab ihm neue Kräfte. Er mußte nur schwimmen! Er wollte aus dem kalten Wasser herausschwimmen und allem den Rücken kehren, den Träumereien von dem, was gewesen war und was es nicht gab, was sein sollte, an diesem Ufer und in diesem Leben. Schwimmen und Herausschwimmen!

Liebe in der Kleinstadt

Die kleine Stadt lag in einem Talkessel. Das Rzava-Gebirge, die Felsen von Olujak und die Hänge von Liještane umschlossen sie bis hoch hinauf in einem fast vollständigen Kreis, dessen Durchmesser nicht größer war als eine halbe Wegstunde. In dem sandigen Becken kamen zwei oft hochgehende und mitunter wandernde Bergflüsse zusammen, die zweimal jährlich über ihre Ufer traten und die ganze Umgebung verwüsteten. Zwischen den Flüssen und den Bergen lag die kleine Stadt ganz zusammengedrängt, und ihre letzten Häuser lehnten sich schon an das Gebirge. Im Sommer wurde die Gegend von Dürre heimgesucht, im Winter von Schneestürmen und im Frühjahr von unerwarteten Frösten.

Hätte es nicht die große steinerne Brücke gegeben, die ein wichtiges Verbindungsglied des Weges nach dem Osten war, so wäre an dieser Stelle und unter solchen Bedingungen nie eine Stadt entstanden. Deshalb hatte in dieser Siedlung, die ihre Entstehung der Not und dem Wunsch, sich zu bereichern, verdankte und nicht etwa den günstigen Verhältnissen und einer natürlichen Entwicklung, niemand ein leichtes Leben. Von Anfang an hatte es hier weder ungestörten Besitz gegeben noch einen sicheren Ort oder ein ungetrübtes Jahr. Es waren hier wohl Vermögen erworben worden, doch konnte man mit seinem Vermögen weder prunken noch es in aller Ruhe genießen. Man mußte es vielmehr verbergen und jeden Tag von neuem erwerben, und es war eigentlich nicht mehr als eine Sicherheit für die mageren Jahre, die immer zu erwarten waren.

Der enge Horizont, das unfruchtbare Land, das rauhe Klima, die häufigen Plünderungen und Kriegszüge verliehen schon den Kindern die typische manische und kämpferische Wesensart bosnischer Kleinstädter. War ein junger Mann einmal herangewachsen, hatte geheiratet, Kinder bekommen und sein fünfundzwanzigstes Lebensjahr vollendet, so war er für das Leben in der Kleinstadt schon gerüstet und als Typ festgenagelt: düster, gebeugt, sehnig, mit scharfem Blick aus zwinkernden Augen, geschäftig, meist schweigsam und sorgenvoll. Nachdem er schon so früh gealtert war, lebte er danach noch fünfzig Jahre oder mehr, ohne sich noch viel zu ändern; er wurde nur grauer und etwas gebeugter.

Die Leute dort kannten keine Fröhlichkeit. Die zurückgestaute Lebensfreude manifestierte sich in zügelloser Leidenschaft und in Ausbrüchen beim einzelnen wie in der Gemeinschaft. Was das schwere Leben und der unbarmherzige Kampf ihnen noch an Menschlichkeit gelassen hatte, betätigten sie in den religiösen Zeremonien, in den überlieferten, einfachen Formen der Anhänglichkeit innerhalb der Familie und in der Ehrenhaftigkeit des Kaufmannsstandes. Nur in außergewöhnlichen Situationen zeigten sie unerwartete Solidarität, Wagemut, Dankbarkeit und Größe.

So wurden sie geboren, wuchsen auf, heirateten, erwarben Vermögen, lebten lange, schwer und dumpf.

Und doch trat dort einmal die Liebe in Erscheinung, als Rifka sich in Ledenik verliebte.

Ledenik entstammte einer kroatischen Adelsfamilie. Er war in Wien aufgewachsen und Leutnant bei den Dragonern gewesen, aber wegen seiner vielen Abenteuer und ständiger Geldschwierigkeiten hatte er sich gezwungen gesehen, den Dienst zu quittieren. Er nützte aber seine guten Verbindungen und seine Sprachkenntnisse und landete als Forstmeister in der bosnischen Kleinstadt.

Rifka war die Tochter des alten Papo, eines Juden, der vor fünfzig Jahren als armer Glaser aus Sarajevo gekommen war und nun als erster Händler der Stadt galt. Rifka war noch nicht einmal sechzehn, konnte aber schon lange nicht mehr unangefochten über den Bazar gehen. So kleine Schritte sie auch machte, es war doch immer alles in Bewegung an ihr: ihr Kleid, ihre Brüste und ihr Haar, und die jungen Händler, die immer auf einen solchen Anblick lauerten (verheiratete sich ein Mädchen, so wuchs das nächste schon heran), hoben ihre Köpfe von der Arbeit, pfiffen, hüstelten und machten einander durch Zurufe aufmerksam. Danilo, der Fleischhauer, schrie auf und biß in seinen morschen Türrahmen, daß ihm ein Span zwischen den Zähnen blieb, und seine Gäste in der Braterei aßen schmatzend gebratene Leber, lachten und applaudierten. Selbst der unbewegliche, gelähmte Murad Bektaš, der am Holzkohlenbecken saß und nur Haut und Knochen war, verfolgte sie mit seinen Blicken.

»Mein Lieber! Als ob sie aus geschliffenem Glas wäre! Da sieht man gleich, daß ihr Vater Glaser ist!«

Man schickte sie nach Sarajevo zur Schule. Wann hatte sie Ledenik wohl zum erstenmal gesehen? Was hatten sie miteinander gesprochen? Meist vergessen das die Liebesleute selbst.

Er schrieb ihr: »Mein Stern!« und bat sie, es so einzurichten, daß er sie in der Nacht sehen könne, »wenn die Leute und ihre dumme Neugierde schlafen«. Sie antwortete ihm: »Warum nennen Sie mich Ihren Stern, meine Sonne?« und teilte ihm mit, daß ihre Liebe keinen Unterschied zwischen Tag und Nacht kenne. Er sandte ihr bunte Bonbons, und sie schickte ihm gepreßte Blumen. Er ging vor ihrem Haus spazieren, und sie wich nicht vom Fenster. Den Leuten fiel das auf, und sie begannen darüber zu reden.

Papo, ein schweigsamer, bärtiger kleiner Jude, beriet mit seiner Frau, was zu tun sei, damit kein größerer Skandal entstehe. Sie wollten Rifka mit dem Rabbiner von Bijeljina verheiraten. Durch Vermittlung ihrer Verwandten ließen sie das Gespräch über die Mitgift einleiten. Indessen wuchs der Skandal. Bei den Juden ging es zu wie in einem Bienenhaus. Rifkas Brüder drohten. Der ganze Bazar war in Aufregung. Man sperrte das Mädchen in ihr Zimmer. Niemand mehr konnte Rifka und Ledenik zusammen sehen, aber sie wechselten Briefe und sahen einander doch jeden Tag, wenn auch nur von ferne.

Es war Frühling, und nach einem regnerischen Tag hing die Luft voll Dunst. Das Atmen fiel einem schwer.

Das Städtchen wurde grauer und drängte sich noch enger zwischen den Bergen und den Zwetschkengärten. Nur die Bäume grünten frischer, dehnten sich und schimmerten mit jedem Blatt in der Sonne, die gegen Abend nur für kurze Zeit zum Vorschein kam.

Ledenik nahm einen Feldstecher mit und stieg auf den Berg hinter der Brücke, und Rifka stieg auf den Mauervorsprung in ihrem Hof. Zwischen ihnen war der Fluß. Auf seiner Seite lag schon Schatten, und auf ihrer Seite glänzten die Wassertropfen in der Sonne. Ihr rotes Haar wehte und leuchtete manchmal auf, und auch ihre weiße Schürze leuchtete in der Sonne.

Erst die Dämmerung trennte die beiden. Rifka ging in ihr dunkles Zimmer, um dort an ihren Fingern zu kauen, auf dem Diwan zu sitzen und zuzusehen, wie es immer dunkler wurde. Es war ihr unerträglich, eine lange Nacht vor sich zu haben und ihn so nahe zu wissen, ohne das etwas geschehen würde. Sie wollte ihm schreiben, aber schon bei dem Wort »Liebster« würgte es sie im Halse, ihre Brüste hoben sich, und der Atem stockte ihr. Ihre Mutter kam zu ihr und schalt sie, weil sie ganz umsonst die Kerze brennen ließ, und jagte sie ins Bett.

Zu dieser Zeit schrieb Ledenik an seinen Freund aus der Schwadron, Baron Geza Durneis:

»Lieber Geza, ich habe Dir schon von meinem neuen Dienst geschrieben und von den Beamten, mit denen hier zu arbeiten ich gezwungen bin, und von den Wäldern, in denen mich herumzutreiben ich verurteilt bin. Ich wiederhole noch einmal: Ich bin viel zu schwer gestraft. Aber keine Angst, ich verzweifle noch nicht, obwohl ich davon nicht mehr weit entfernt bin.

Und alles, was ich Dir von den hiesigen Einwohnern geschrieben habe, ist nicht nur der erste Eindruck, sondern hat sich von Tag zu Tag mehr bewahrheitet. Ich lebe unter wilden, schmutzigen und unwissenden Menschen. Die Menschen hier sind nicht nur unzivilisiert, sie werden sich auch meiner festen Überzeugung nach niemals zivilisieren lassen, weil sie das bißchen Hirn, das sie haben, dazu benützen, um sich gegen jeden Zivilisationsversuch aufzulehnen. Und selbst diejenigen, die ein bißchen Verstand zu besitzen scheinen, sind so zugeknöpft und verschroben, daß man nur mit Stahl einen Funken aus ihnen schlagen könnte. Allerdings zeigen sie sich vor uns nicht, wie sie sind.

Von dem Schmutz, dem Mangel an dem nötigsten Komfort, von Eigenbrötelei und Brutalität, die mich umgeben, habe ich Dir schon genug geschrieben. Hier ändert sich nichts, höchstens zum Schlimmeren.

Und doch ereignen sich hier ungewöhnliche Dinge. Darüber will ich Dir jetzt schreiben.

In dieser wilden, sturen Umgebung gibt es zwei Dinge, die mich trösten und mir Freude bereiten.

Das erste ist die große römische Brücke mit elf großen, wunderschön gewölbten Bogen. In diesem verlassenen Winkel, zwischen dürrem Vieh und dumpfen Menschen, ist sie der einsame Bote einer fernen, hellen Welt. An vielen Abenden, an denen man wegen des Staubs und des Kuhdrecks nicht auf die Straße gehen kann, an denen mir klar wird, was ich alles verloren habe und was mich jetzt umgibt, labe ich meine Augen an diesen riesigen Bogen und an den herrlich geformten Pfeilern.

Das zweite Ungewöhnliche – Du wirst es schon erraten haben – ist eine Frau, das heißt, ein junges Mädchen. Sie wirkt hier genauso fremd wie die Brücke. Ein hiesiger kleiner Händler, Spaniole, hat eine siebzehnjährige Tochter. Ihre Haare sind dunkelrot und üppig, ihre Haut ist wunderbar rein und zart, und ihre Augen sind dunkelbraun, beinahe schwarz. Erinnerst Du Dich noch an die Frau des Hauptmanns von Greising? Die Kleine erinnert ein bißchen an sie, nur daß sie um zwanzig Jahre jünger ist, hundertmal schöner und tausendmal unschuldiger. Kurz: ein Leckerbissen für Götter. Unter den anderen Frauen hier, die unmöglich sind und beinahe unsichtbar, ist diese junge Spaniolin meine einzige Hoffnung und mein einziger Trost. Sie ist auch gebildet. Wie es scheint, ist sie in mich verliebt, aber das genügt hier nicht, um zu einer Frau zu kommen. Man läßt sie nirgends allein. Wir sehen uns auf der Straße. Wir wechseln ein paar Worte (vor Verwirrung kann sie kaum sprechen) und schon beäugt man uns wie Ungeheuer. Wenn ich an ihrem Haus vorbeigehe, höre ich, wie ihre Mutter wütend die Fensterläden zuschlägt. Wir schreiben einander, aber das ist bisher alles. Wenn Du diese Briefe nur lesen könntest! Destillierte Unschuld! Mein Schreiber jedoch, ein Einheimischer, der unsere Briefe hin und her trägt, sagt, daß man im Städtchen schon viel zu viel darüber spreche, und daß die Juden, die sehr fanatisch sind, auf mich böse seien, und daß ihre Familie sich bemühe, die Kleine zu verheiraten. Zum Teufel mit ihnen, sie sollen sie verheiraten. Dann wird es diese Briefe nicht mehr geben, die mich rühren und zum Lachen bringen, und auch nicht dieses rothaarige kleine Wesen, keine Berührung der Finger und kein Augenspiel. Dann bleibt mir nur noch diese Brücke, mit den harmonischen Linien, das ist sicher.

Nun siehst Du, was für ein sentimentaler Esel ich in dieser Wüste geworden bin. Und was wird noch aus mir werden!

Ach, Geza, alter Schlawiner, schreib mir oft und viel, damit wenigstens ein bißchen von Eurem Glanz dort auch zu mir dringt.«

Als der Sommer anfing, gingen die Botschaften von Bijeljina und nach Bijeljina immer häufiger hin und her. In Papos Haus begannen große Vorbereitungen. Rifka entschloß sich, Ledeniks Wunsch nachzugeben und zum Stelldichein nachts in den Garten zu kommen.

Zuerst sprachen sie durch den Zaun. Sie schlangen dabei krampfhaft ihre Finger ineinander. Sie küßten sich durch den Zaun, und auf ihren Wangen blieben die roten Abdrücke der Latten. Endlich, in der dritten Nacht, sprang Ledenik über den hohen Zaun. Während er schon hinaufkletterte, wollte sie ihn noch immer abhalten und schrie ängstlich, aber immer schwächer:

»Nein, nein, nein!«

Als er jedoch von der Höhe auf die weiche Erde neben ihr heruntersprang, überließ sie sich willenlos seiner Umarmung.

In der nächsten Nacht wiederholte sich das: Ledenik

sprang vom Zaun, und ausgebreitete Arme umfingen ihn. In der dritten Nacht tauchte plötzlich ihr Bruder im Garten auf, ein finsterer junger Mann von kleinem Wuchs, in Unterhosen und Hemd, ganz zerzaust. Ledenik floh, Rifka fiel in die Blumen, ihr Bruder schoß zweimal in die Dunkelheit.

Am nächsten Tag begab sich eine Gruppe angesehener Juden unter Führung von Chaim Romano zum Bezirkshauptmann und forderte, daß man Ledenik bestrafe und entferne. Der Bezirkshauptmann versprach es ihnen. Darauf rief er Ledenik zu sich und klopfte ihm auf die Schulter.

»Lieber Herr von Ledenik, es tut mir unendlich leid, daß ich Ihnen den Spaß mit der kleinen Jüdin verderben muß. Ihr Vater ist ein angesehener Bürger, die Juden drohen mit einer Beschwerde an die Regierung. Die Kleine scheint eine Art Liebesfieber erfaßt zu haben, Sie Teufelskerl. Kurz und gut: Es ist besser, wenn Sie für einige Zeit von hier fortgehen. Ich werde Sie auf Inspektionsreise schicken.«

Ledenik beteuerte, daß die ganze Angelegenheit nur ein kleiner, unbedeutender Flirt sei. Wenn es aber wirklich so wichtig sei, wolle er doch lieber verschwinden. Sie konnten sich nicht genug über diese Leute wundern, die »aus nichts und wieder nichts Liebestragödien fabrizierten«. Sie lachten laut und anhaltend und gelangten zu dem Schluß, daß die ganze Sache es nicht wert sei, zu einem Skandal zu führen. So verabschiedeten sie sich in Eintracht voneinander.

Ledenik ging in das Setihovo-Gebirge. Dort lebte er

in einem Blockhaus und schrieb an seinen Freund nach Wien:

»Lieber Geza, ich bin schon seit acht Tagen im Wald. Wenn ich Dir schreiben wollte, wie es mir geht, dann würde ich nur einen Abklatsch meines Elends liefern. Ich will das aber nicht. Es ist besser, ich sage Dir gleich: Ich habe die kleine Jüdin und jene schöne Brücke verloren.

Es ist zum Skandal gekommen, der Teufel soll alle Juden dieser Erde holen! Zusammen mit diesem verrückten Land! Zuerst Klatsch, dann Beschwerden beim Bezirkshauptmann, Gespräche und Liebe durch den Zaun (kannst Du Dir mich in dieser Pose vorstellen?) und dann, eines Nachts, ihr Bruder mit dem Revolver. Der Bezirkshauptmann hat mich gebeten, diesen Flirt wegen des Prestiges der Behörden und um meiner eigenen Sicherheit willen abzubrechen und die Arbeit hier in diesen Wäldern zu übernehmen, bis sich die Aufregung in dieser stinkenden Provinzstadt gelegt hat. Was für ein Volk ist das nur!

Hier bleibt mir nichts anderes übrig, als den Bäuerinnen zuerst den Dreck herunterzuwaschen, und doch erinnert das Ganze noch schrecklich an Sodomie. Die kleine Jüdin wird man inzwischen verheiraten, sie wird dick werden und sechs Kinder bekommen, Gott mir ihr!

Ich muß bis zum Herbst hierbleiben. Vielleicht kann ich bis dahin meine Versetzung nach Sarajevo erwirken. Unter meiner Aufsicht vermißt man diese verdammten Wälder, und der Teufel soll mich holen, wenn ich von dieser Arbeit etwas verstehe. Schreib mir, damit ich nicht ganz verwildere.«

Indessen lag Rifka krank.

Durch die angelehnten Fensterläden und die dicken Vorhänge konnte man die Glut, die sich draußen breitmachte, nur noch ahnen. Im Zimmer herrschte jene schwere Kühle ebenerdiger, von dicken Wänden und eisernen Läden umgebener Räume und die taube Stille jener Zimmer, die mit Teppichen belegt sind und angefüllt mit Kleidern, die immer wieder ausgeklopft und mit Weihrauch desinfiziert werden, sodaß der Raum nicht mehr wie ein Zimmer wirkt, sondern eher wie eine Kirche. Hier verlor sich der Schritt, und auch die Stimme konnte unter so viel Tuch nicht klingen. Alles war ruhig und gedämpft.

Nur wenn Rifka in der Ecke ihres Zimmers in ihrem Bett zusammenzuckte und mit einer krampfhaften Bewegung versuchte, die Decke von sich zu werfen, schimmerten ihre Haut, ihre Hüfte und ihre Schulter und erhellten das Halbdunkel. Dann tauchte aus dem Schatten die Zigeunerin Hata auf, deckte sie schnell zu und verschwand wieder im Schatten.

Seit jener Nacht kam Rifka nicht mehr zu sich. Sie sah, was um sie her geschah, sie hörte den Arzt, ihre Lehrerin und ihre Mutter, verstand, was sie zu ihr sprachen, sagte auch manchmal selbst ein Wort, aber das alles war ihr wie im Traum.

Sie dachte nicht mehr daran, Ledenik einen Brief hinauszuschmuggeln, noch sich vor den Eltern zu rechtfertigen. Das war früher einmal gewesen. Die einzige Wirklichkeit jetzt war der Krampf, der sich alle zehn Minuten meldete: Er kitzelte zuerst unerträglich ihre Waden, bog dann ihre Beine in den Knien und ließ sie so erstarren, dann schüttelte er ihre Brust und drückte ihr die Kehle zusammen. Und wenn der Krampf nachließ, erwartete sie zitternd den nächsten, der so unabwendbar war, daß sie schon bei dem Gedanken daran zu zucken und sich zu winden anfing.

Sie konnte sich an die Liebe nicht mehr erinnern. Nur Ledenik floh in seiner weißen Hose immerzu über den Zaun. Danach gab es nichts mehr als den Krampf und dieses Dunkel, in dem die ihr unverständliche Schande brütete. Wenn sie nur nicht mehr durch diesen dunklen, engen Raum fallen müßte, wenn sie nur einmal damit aufhören könnte! Sie versuchte sich aufzurichten, aber Hata, die über ihr wachte, stieß sie immer wieder zurück ins Bett. Und wieder fiel sie in die Tiefe ohne Grund, und der Krampf wiederholte sich.

Eines Nachts, kurz vor der Morgendämmerung, hörte sie, wie einer ihrer Brüder das Haus verließ und die Tür hinter sich nicht abschloß. Sie wartete ein bißchen, dann erhob sie sich. Hata war eingeschlafen. Rifka kroch durch das Zimmer. Zweimal stürzte sie, ehe sie das Haus verlassen hatte. Sie ließ die Tür hinter sich sperrangelweit offen. Sie lehnte sich an die Hofmauer, dann löste sie sich davon und lief die steile Straße hinab.

Auf dem Markt stürzte sie wieder. Ein scharfer Ostwind wehte und fegte Staub und Abfälle vor sich her. Der Tag löste sich von der Nacht.

Sie erhob sich mit blutenden Armen und Handflächen und ging an der großen Herberge vorbei und die Stufen hinunter, die zur Drina führten. Sie fiel auf die

Knie, stützte sich auf und stieß sich wieder ab. Von der letzten Stufe ließ sie sich ins Wasser fallen. Ihr Hemd blähte sich auf. Einen Augenblick lang blieb sie unbeweglich, dann erfaßte sie die Strömung und trug sie fort.

Obwohl erst der Morgen dämmerte, erblickten sie vom Ende des Bazars der Straßenkehrer Liskič und der blödsinnige Dienstmann Hubo. Die Läden öffneten gerade, und sie gingen den Bazar entlang und erzählten überall, daß sie die halbnackte Rifka vorbeilaufen gesehen hätten.

»Wahrscheinlich hat der Hauptmann sie heute nacht verzaubert!«

»Ja! Verzaubert! So!« rief Hubo, schlug die Handflächen aneinander und tänzelte auf einem Bein. Die Ladeninhaber schnalzten mit den Zungen und lachten. .

Doch bald darauf erfuhr man, daß das Mädchen verschwunden war. Am nächsten Tag fand man den Leichnam in einer Bucht zwischen den Baumstämmen. Die Fische hatten ihn schon angenagt.

Die Juden stoben auseinander wie Ameisen. Bald kam eine Kommission und stellte den Sachverhalt fest. Rifka wurde noch am selben Abend begraben, am Ende des jüdischen Friedhofs, gleich neben der Straße. Dies alles wurde schweigend und in Eile erledigt.

Der Sommer hatte gerade seinen Höhepunkt erreicht, und die Dürre hatte schon angefangen.

Man sah Prozessionen von Türken mit ihrem Hodscha an der Spitze, wie sie an der Drina entlanggingen und um Regen beteten. Auf den Berg kletterte der Pope, hinter ihm alte Weiber und Bauern, alle in Schweiß gebadet; sie gingen zum Friedhof und beteten dort. Ihre Wachskerzen bogen sich und schmolzen, ehe sie heruntergebrannt waren. Es ging kein Wind, und es gab auch kein bißchen Schatten. Auf den Bergen brannten die Wälder: am Horizont sah man den Rauch, unten schwarz und dort, wo er sich mit dem Himmel vereinigte, weißlich. Und über alldem stand ein weißer Himmel, heiß wie ein Rost.

Fliegen und Mücken waren nicht mehr zu verjagen. Die Fleischerläden, die Ziegenböcke und die Kanäle stanken. Das Vieh brüllte in den Ställen, man konnte es nicht herausführen, weil es vor den Bremsen keine Ruhe gehabt hätte; auf den verbrannten Hügeln hätte es überdies nicht einmal weiden können. Die Menschen schnauften und stöhnten auf den Treppen ihrer Häuser und ihrer Läden. Es gab keine Kunden, und die Fliegen ließen die Händler nicht schlafen. Unbeweglich und halb ausgezogen lagen sie herum, faul und reizbar, und sie ließen ihre schlechte Laune an ihren Frauen und an ihren Lehrlingen aus, mit Flüchen und Ohrfeigen.

Beide Flüsse gingen zurück und wurden noch schmaler und grüner. Man hörte immerzu ihr Rauschen über dem verschlafenen Städtchen.

Die Gärtner in der Umgebung hörten auf, ihre Obst- und Gemüsegärten zu bewässern. Die Stengel der Melonen trockneten aus und verdrehten sich, und das Obst verdorrte und fiel ab.

Eines Tages rief Milan Glassinčanin seine Nachbarn zu sich und vertraute ihnen an, daß ihm ein gewisser Petar, der aus Ungarn gekommen war, gesagt habe, es werde kein Regen fallen, solange die Ertrunkene nicht wieder in die Drina geworfen werde, oder wenigstens nicht so lange, ehe man ihr Grab nicht mit sieben Eimern Wasser begieße.

Sie berieten lange. Auf dem Abhang unter ihnen schimmerten weiß die Grabsteine auf dem jüdischen Friedhof. Sie rauchten und sprachen miteinander und warteten, bis es Nacht wurde. Als die Lichter im Städtchen unter ihnen ausgingen, versammelten sie sich, und jeder nahm seinen Knecht mit. Sie trugen ihre Eimer an Stangen und gingen damit zum Bektaš-Brunnen. Der dünn gewordene Strahl rumorte und füllte die Eimer nur langsam, und die Männer saßen daneben und kämpften mit dem Schlaf: In der Dunkelheit glühten ihre Zigaretten.

Sie füllten alle Gefäße und hoben die Stangen auf die Schultern. Die Eimer schwankten, und das Wasser schwappte auf ihre nackten Füße.

Als sie auf den Friedhof kamen, grub einer von ihnen mit einer Spitzhacke neben dem großen Stein eine Rinne, und da hinein gossen sie das Wasser. Die trockene, verbrannte Erde sog das Wasser zuerst ein, als sie aber den fünften Eimer ausgeleert hatten, begann das Wasser aus dem Grab zurückzufluten, und rund herum entstand eine Pfütze. Sie bekamen es mit der Angst zu tun. In aller Eile leerten sie auch die letzten zwei Eimer aus und stoben auseinander. Alle schüttelten die nasse Erde von den Füßen. Niemand sprach.

Am nächsten Tag, früh am Morgen, kam der Totengräber, und als er die aufgegrabene und noch feuchte Erde um den Grabstein sah, fluchte er und rief Staniša, den Straßenwärter, der gerade mit einer Schaufel und einer Spitzhacke vorbeiging. Sie schütteten die Erde wieder zurück und stampften sie mit den Füßen fest. Dann setzten sie sich nieder und lehnten sich mit dem Rücken an Rifkas Grabstein, der von der Nacht noch kalt war. Sie holten ihre Tabakbeutel hervor, drehten sich langsam Zigaretten und zündeten sie schließlich an.

»Was für ein Blödsinn, Gräber zu begießen! Es hängt ja nicht von den Toten ab, sondern von Gottes Willen. Dürre, das ist es.«

»Natürlich ist es Blödsinn, aber was sollen die Leute tun? Wenn ich wüßte, daß es hilft, würde ich all die Gräber hier umgraben und begießen. Mein Kukuruz ist kaum aus der Erde gekommen, da ist er schon verbrannt, dabei habe ich den Samen von Pavle auf Schulden genommen.«

So sprachen sie noch ein, zwei Stunden über die Dürre, rauchten, spuckten und schauten in den Himmel.

Trotzdem kam kein Regen. Die Menschen schliefen vor den Häusern im Gras, aber die Erde kühlte nicht einmal nachts ab. Die Frauen fielen in Ohnmacht, wenn sie über die Wiese gingen, und den Kindern schoß jeden Augenblick Blut aus der Nase. Vor aller Augen zitterte die rote Stadt in der Hitze.

Milan Glassinčanin, der die Männer zu Rifkas Grab geführt hatte, um es zu begießen, konnte nicht schlafen. Er hatte seine Tür verschlossen und wagte nicht, die Fenster zu öffnen. Er schwitzte in der heißen Stube, und plötzlich wurde es ihm wieder kalt, weil er in Gedanken hörte, wie das übersättigte Grab das Wasser gurgelnd ausspie. Er sprang auf und stemmte einen Balken gegen die Tür. An der Wand blakte die Lampe. Um das rußige Glas flog ein gelber Falter. Wie ist sie nur hereingekommen, die Hexe? Ist das nicht die barfüßige nasse Jüdin? Er jagte den Falter, zitterte aber, und seine Finger waren aufgeschwollen und hart von der Arbeit, sodaß ihm der Falter immer wieder entkam. Er fuchtelte immer mehr mit den Händen und sprang dem Falter nach. Er warf die Lampe um, der Zylinder zersprang, und der Docht erlosch. Er geriet in der Dunkelheit vor Angst außer sich. Er zog sich in die Ecke zurück und tastete nach der Hacke. Mit weit aufgerissenen Augen hockte er sich nieder; er horchte, ob er in der Dunkelheit nicht etwas höre, zitterte und drückte sein Gesicht gegen den kalten Stahl der Hacke.

In Papos Haus war alles ruhig und verschlossen. Alle waren in Schweiß gebadet und erstickten in Tränen und taten voreinander so, als schliefen sie.

Im Setihov-Gebirge schrieb Ledenik an seinen Freund: »Ich werde mich umbringen, Geza, ich werde mich bestimmt umbringen. Wenn ich nur bis zum Herbst dieses höllisch heiße, dreckige Sibirien ertragen könnte, wäre alles gut. Ich fürchte aber, ich werde es nicht aushalten ...«

Er lag immer im Schatten und wehrte mit Nußblättern die Mücken ab. Um ihn herum standen die hohen geraden Föhren, und das Harz floß in dicken Tropfen an ihnen herab. Die Grillen, die nie verstummen wollten, machten ihn verrückt, und ebenso der langgezogene Gesang der Bauern, der alle Augenblicke von den Almen ertönte.

»Ich dürste nach Wasser, ich dürste nach Wasser. Ich sehne mich nach den Mädchen.«

Abends meldete sich das Käuzchen, als wolle es das Dunkel herbeirufen. Nachts bellte der Fuchs, und die Hunde wurden unruhig. Nie wurde es still. Da waren nur Schweiß und Harz und ein ununterbrochener Druck auf das ermattete Gehirn.

An eine solche Dürre konnte sich niemand erinnern. Viele Leute wurden krank. Außer Milan Glassinčanin wurden noch zwei Türken irrsinnig. Man brachte sie nach Sarajevo. Es gab weder Heu noch eine Ernte, aus dem Weizen wurde überhaupt nichts. Den Kühen und den Ziegen verdorrten die Euter. Die Leute machten sich schon Sorgen, wie sie überwintern sollten.

Erst gegen Ende des Sommers tobte sich die Hitze ganz aus und legte sich. Ein eisiger Wind brach los und stürmischer Regen. Nachher zeigte sich der hohe Himmel, und nachts sah man große Sterne. Die Tage flossen einförmig im stillen Herbstlicht dahin. Die Leute auf dem Bazar zogen sich Kleider und Schuhe an. Die Händler brachen auf, und die Einkäufer gingen in die Dörfer. Jeder suchte Weizen und Heu. Wer verkaufte, war froh, und wer kaufte, mußte bluten.

Papo, der Glaser, veranstaltete Hochzeit für zwei seiner Söhne zugleich. Die eine Schwiegertochter war aus Sarajevo, die andere aus Rogatica; beide waren reich. In seinem Hof schlug das Tamburin, und sein Haus war zum Bersten voll mit Hochzeitsgästen.

Ledenik war es endlich gelungen, sich nach Sarajevo versetzen zu lassen. Er kam vom Setihov-Gebirge herunter, mager und sonnenverbrannt, und erst durch den Bezirkshauptmann erfuhr er von Rifkas Tod.

»Die Arme!«

Sie rauchten eine Zigarette, der Bezirkshauptmann gratulierte ihm noch einmal zum Avancement, das ihn nach Sarajevo führen sollte, in gute Gesellschaft und in eine Dienstwohnung mit Bad. Als Ledenik am nächsten Tag in aller Frühe abfuhr, war er bei dem Gedanken an die Jüdin noch immer ein bißchen bedrückt.

In diesem Herbst wuchs die Tochter des Schusters Perko heran. Im Sommer noch hatte sie ein dunkles Gesicht gehabt, zerzauste Haare, um den Mund Spuren von Holzäpfeln. Nun wurde sie plötzlich weißhäutig und so schlank, daß sie beinahe in der Taille abbrach, und wenn sie durch den Bazar ging, steckten die Händler wieder ihre Köpfe zusammen und machten einander durch Zurufe auf sie aufmerksam.

Am Ende des Bazars begann Vejsil, der Albaner, der für das Ramadan-Fest Süßigkeiten erzeugte, mit der Hand gegen das heiße Kuchenblech zu schlagen und zu schreien:

»Heiß! Heiß! Frisch!«

Und von Laden zu Laden erscholl der Ruf:

»Ho! Oho!«

Danilo, der Fleischhauer, schrie auf und biß einen

Span von seinem abgenagten Türrahmen, und seinen Gästen blieb die gebratene Leber vor Lachen im Halse stecken. Die Kleine drückte mit der Hand ihre Brüste, damit sie nicht wippten, machte ganz kleine Schritte, die hart auf dem Kopfpflaster klangen, und wurde rot.

Buffet »Titanic«

Ehe die Ustascha-Behörden noch damit angefangen hatten, die Juden von Sarajevo systematisch, in großen Gruppen, angeblich in Arbeitslager zu führen, in Wirklichkeit aber zum nächstbesten Hinrichtungsplatz, verteilten sich einzelne Ustascha-Leute in Uniform und Zivil sowie ihre Spitzel und Helfershelfer in jüdische Häuser und begannen, Geld und Schmuck zu plündern, mit Hilfe von Schlägen, Drohungen, Erpressungen oder lügnerischen Versprechungen, je nach der Gelegenheit, nach dem Haus, in das sie eindrangen, nach den Menschen, die sie überfielen. Dabei gab es unter den Ustascha-Leuten solche, die sich durch ihre Geschicklichkeit im Rauben und darin, in die Häuser einzudringen, den Juden Angst einzujagen und sehr schnell möglichst viel von ihnen zu erpressen, besonders hervortaten; es gab aber auch solche, die sich große Summen und wertvollen Schmuck geben ließen und dann durch ihre guten Verbindungen einzelne und auch ganze Familien nach Mostar schafften, von wo man damals noch leicht nach Dalmatien und sogar nach Italien gelangen konnte; und es gab unter den Ustascha-Leuten auch solche, die nur durch ihren Hang zum Plündern und durch die Gier nach Geld und Kostbarkeiten zu ihrem Tun getrieben wurden, jedoch wenig Talent dazu hatten. Solche unbedeutenderen und unfähigeren Ustaschi mußten sich mit kleinen Plünderungen, Bestechungen und erpreßten Geschenken der armen Juden von der Peripherie zufriedengeben. Und doch ereigneten sich gerade dort die häßlichsten und sinnlosesten Szenen unvorhersehbaren Jammers und Grauens. Die Absicht des Eroberers, Gewalt und Vernichtung zu üben, wurde hier in Hunderte seltsamer Nebenkanäle abgeleitet. Bosheit und Sinnlosigkeit überstiegen hier gegen alle Berechnungen und Voraussagen jedes Maß.

In der letzten Zeit hatten alle drei Gattungen von Ustascha-Leuten ihre »Arbeit« beschleunigt, denn es gab immer weniger Juden, und wer schnell, leicht und unentdeckt zu Beute kommen wollte, mußte sich beeilen.

I

In dem Viertel zwischen dem Elektrizitätswerk und der Tabakfabrik, das einst Hiseta geheißen hatte, breitete sich ein Netz toter Gassen mit einigen kleinen Gaststätten, obwohl es hier gar nicht viel Leben und Verkehr gab. Einige dieser Gasthäuser standen in schlechtem Ruf, was bedeutete, daß sie gut bekannt und gut besucht waren, und daß darin auch Leute aus anderen Stadtvierteln als Stammgäste verkehrten.

Das letzte dieser Gasthäuser stand in der Mutewelića-Straße, gleich an dem Park, der die Tabakfabrik umgab. Es war ein stockhohes Haus, schälte sich wie ein Leprakranker, an seinen Fenstern waren weder Vorhänge noch Blumen, sie waren wie kranke Augen ohne Wimpern und Brauen. Seine Bauart war ungefähr in der Mitte der österreichischen Herrschaft in Mode gewesen, es war eine bastardartige Mischung aus den Architekturen Mitteleuropas und des Nahen Ostens, blutarm und lahm. Ein Elend, das nicht einmal malerischen Reiz hatte. Der architektonische Ausdruck eines Lebens ohne Sinn und Ausblick. Neben der Eingangstür hatte man noch eine schmalere Tür ausgebrochen, über der ein übergroßes grünes Schild hing; darauf war in roten Lettern zu lesen:

BUFFET »TITANIC«
Bes. Mento Papo

Es war eigentlich ein dunkler fensterloser Raum, sechs Schritt lang und zwei Schritt breit, sodaß darin auch keine Stühle Platz hatten, und die fünf, sechs Gäste immer an der Miniaturtheke stehen mußten. Für ältere Leute fand sich immer irgendeine Kiste oder ein Bierfaß zum Sitzen. (Leute, die dem Trunk ergeben sind und am Gasthausleben Geschmack finden, lieben gerade solche engen und ärmlich eingerichteten Räume, in denen man sich immer vorkommt, als sei man zufällig hineingeraten und eigentlich nur im Vorbeigehen, und in denen nichts die Aufmerksamkeit des Gastes von den Getränken und betrunkenen Gesprächen ablenkt.) Im Hintergrund des Buffets befand sich hinter einem grünen Vorhang eine unsichtbare Tür, die über den Korridor der einstigen Wohnung in zwei größere Zimmer führte. Das eine diente Mento als Wohnung, das andere Zimmer stand leer, es gab darin nur einen ungedeckten Tisch und mehrere

Stühle. Dort wurde gespielt. Die Fenster sahen auf den Garten, der eigentlich nur so hieß und in Wirklichkeit nicht mehr war als ein Hühnerhof und eine Mistablagerungsstätte und ein Spielplatz für Kinder. Doch waren beide Fenster verhängt, mit Leinenvorhängen, die vor Alter und Staub säuerlich rochen und steif geworden waren und die niemals abgenommen wurden; man spielte bei künstlichem Licht.

Die Besucher des Buffets und der Spielhölle bildeten eine bunt zusammengewürfelte Gesellschaft. Das Buffet besuchten auch ärmere Kleinbürger aus der Gegend, kleine Beamte, Arbeiter, Träger vom Bahnhof, die sich hier ausruhten und unterhielten, aber auch Müßiggänger und Trinker aus der ganzen Stadt, die ihr Leben damit verbrachten, von Gasthaus zu Gasthaus zu wandern, in denen sie immer etwas Neues suchten und immer dasselbe fanden. Das Spielzimmer hatte seine besonderen Besucher, die das Buffet meist gar nicht aufsuchten. Es waren leidenschaftliche Spieler, unter denen es auch Berufsspieler gab und ehemals reiche Leute und Beamte, wie auch Kleingewerbetreibende und Kellner, die hierherkamen, wenn ihre Lokale schon geschlossen hatten.

In dem anderen Zimmer schlief Mento. Dort wohnte auch seine Lebensgefährtin Agatha, wenn sie nicht gerade Streit mit Mento hatte und in anderen Buffets von Sarajevo und Umgebung umherstreunte.

Mento war ein kleiner, schmächtiger, noch junger Mann, der auf einem Auge schielte; sein Gesicht war rot und aufgedunsen. Er war immer betrunken oder verkatert, meist aber beides zusammen.

Er war als Sohn eines kleinen Händlers ursprünglich in die Handelsschule gegangen, hatte aber schon als Schüler mit Müßiggängern verkehrt, mit ihnen getrunken und in den Gaststätten der Vorstadt mit ihnen gespielt. Er war lustig beim Trinken und war in seinen Kreisen unter dem Spitznamen »Herzika« bekannter als unter seinem richtigen Namen. Er hatte den Weg, der zu diesem Buffet und zur Spielhölle in Hiseta führte, sehr schnell zurückgelegt. Alle Anstrengungen seiner Eltern, seiner Verwandten und der anderen Sepharden von Sarajevo, ihn von diesem Weg abzuhalten, blieben erfolglos. In der sephardischen Gemeinde von Sarajevo sah man in Herzika einen verlorenen Sohn, ein räudiges Schaf, eine Ausnahme und einen solchen Bastard, wie es ihn unter den Juden schon lange nicht gegeben hatte. Er war Anlaß für sie, immer wieder zu sagen: Es gibt nichts Schlimmeres als einen von unseren Leuten, der sich versäuft und schlecht wird.

Herzika jedoch war es egal, wie die sephardische Gemeinde ihn einschätzte und was die Menschen überhaupt von ihm dachten. Er lebte ohne irgendwelche Verbindung mit seiner Familie, der jüdischen Gemeinde und den Menschen, aus deren Reihen er hervorgegangen war. Er führte sein Miniaturgeschäft, organisierte »Frische Viere«-Partien, schlug sich mit der Polizei und mit den Finanzbehörden herum, verhöhnte mit Spottliedern und Witzen seine Gäste, stritt, prügelte und versöhnte sich mit seinen Freundinnen, und alles, was er in seinem Buffet an den Trinkern und im Spielzimmer an den Hasardspielern verdiente, verspielte und vertrank er selbst, und andere Gäste wieder blieben ihm das Geld überhaupt schuldig.

Agatha, die in ihren Kreisen »Titanic« hieß – genauso wie Mentos Buffet – verdiente diesen Namen. Sie war eine blonde, große athletische Frau mit rotem Gesicht und ständig aufgeregt. Sie hatte große blaßblaue Augen, die Mento in Augenblicken der Verbitterung blutrünstige Augen nannte; der kindliche Ausdruck lustiger Frechheit wechselte in ihnen mit einem irren, gefährlichen Glanz, der manchmal aufblitzte und gleich darauf unter den schweren Lidern und den dichten Wimpern verschwand. Sie stammte aus der Gegend von Vareš.

Das Zusammenleben dieser beiden Menschen, des kleinen Mento und der riesigen bäurischen Frau, war wirklich seltsam, sogar unter diesen Leuten, bei denen es genug seltsame Schicksale gab. Es bestand aus unregelmäßig abwechselnden, wilden Streitereien und wahnsinnigen Liebesräuschen. Nur daß diese Tage unhörbar und im verborgenen verliefen, wogegen die Streitereien laut und allen bekannt waren. Ihre Zwistigkeiten und Schlägereien waren in der Nachbarschaft und unter den Stammgästen des Buffets berühmt. Sie begannen damit gewöhnlich im Buffet, zogen sich aber bald in ihr Zimmer zurück, um dort auf ihre Weise die Fehde auszutragen.

Oft blieben die beiden in ihrem zigeunerisch unaufgeräumten Zimmer stundenlang eingesperrt, stritten und rauften zugleich. Mento stand in der Ecke des Zimmers, rief Agatha Schimpfworte zu und gab ihr lächerliche und beleidigende Namen. Die Zahl dieser Worte war groß, und die Zahl ihrer Variationen und Permutationen schien unendlich zu sein. Er sagte, was ihm gerade einfiel, und sie schlug ihn mit dem, was ihr gerade in die Hände geriet, und dorthin, wo sie ihn gerade traf; und so ging es immerzu: ein Schimpfwort – ein Schlag, ein Schimpfwort – ein Schlag. Nur daß jedes Schimpfwort traf, aber nicht jeder Schlag, denn Mento verstand sich zu verteidigen, er benützte Möbelstücke, Kissen und alles, was greifbar war, als Schild und wich den Gegenständen, die um ihn her flogen, und der schweren Hand Agathas mit geschickten und phantastischen Sprüngen aus.

So prügelten und beschimpften sie einander, bis sie müde wurden und für einige Minuten innehielten. Bis er dann wieder einen neuen Schimpfnamen ausrief, den er im Augenblick erfunden hatte, und den er nicht verschwiegen hätte, selbst wenn er gewußt hätte, daß er dafür sterben müßte. Agatha geriet von neuem in Zorn und zielte mit frischer Kraft mit einem bisher noch in keiner Schlägerei verwendeten Gegenstand auf ihn. Es war verständlich, daß ihre Streitereien sie manchmal zur Polizei oder auf die Unfallstation führten. Doch endeten diese Auseinandersetzungen immer wieder in einer leidenschaftlichen und düsteren Versöhnung, die dann wieder in eine Schlägerei überging.

Schon früher, in den Jahren, die dem Überfall der Deutschen auf unser Land vorausgegangen waren, hatte man so viel von den Verfolgungen und der Vernichtung der

Juden in Deutschland und den Ländern, die Hitler nacheinander erobert hatte, gehört, daß diese Nachrichten selbst bis zu den Gästen des »Titanic« vorgedrungen waren. Sie betrachteten die Weltpolitik, wie überhaupt die ganze Welt, nur aus der Perspektive dieses engen, von Alkoholdunst und Rauch gesättigten Raums. So waren all diese Nachrichten für sie meist nur ein Anlaß, auf Mentos Kosten Witze zu reißen. (In Bosnien gibt es mehr Geist und Witz, als ein Fremder, der das Land nur aus dem Zug betrachtet, sich vorstellen kann. Aber diese Späße sind oft grob und schwerfällig, ja, unlustig, wenn man das von einem Spaß sagen kann; sie treffen den, auf den sie gemünzt sind, schwer und sind selbst ihrem Urheber schwergefallen.) Diese Späße wurden im Buffet gemacht, aber noch viel mehr und freier scherzte und lachte man im Spielzimmer. Dort gab es halbbetrunkene Kiebitze ohne einen Groschen in der Tasche, die auf das ganze Leben böse waren. Es waren halbnüchterne Spieler dort, die nur noch mit einer unsicheren Karte etwas gewinnen oder verlieren konnten, weil sie im Leben schon längst alles verloren hatten, wenn sie nicht schon verloren zur Welt gekommen waren. Zwischen zwei Partien »Frische Viere« oder »Siebzehn und Vier« stichelten sie und verspotteten besonders die Schüchternen und Schwächeren mit jenem unbewußten Zynismus gefühlloser Menschen, die auch bei den anderen stets vollkommene Gefühllosigkeit voraussetzen. Sie unterhielten sich über die Weltereignisse von ihrem niedrigen und finsteren Standpunkt aus.

»Seht nur, Leute, was dieser Hitler aus den armen Juden macht«, sagte einer, der etwas von den deutschen Lagern im soeben eroberten Polen gehört hatte.

»So ist auch ihr schwarzer Freitag gekommen.«

»Und der noch schwärzere Sabbat wird noch kommen«, sagte aus seiner Ecke ein subalterner Eisenbahnbeamter, der wegen Herzkrankheit und Trunksucht pensioniert worden war, und der nichts gegen die Juden hatte, aber viel gegen die ganze Welt und gegen das Leben auf ihr.

Mento hörte das und hörte es nicht. Am liebsten hätte er gar nicht zugehört. Es war aber schwer, solche Bemerkungen zu überhören, besonders, wenn die Leute sich direkt an ihn wandten, Leute, die ihre Finger mit Vorliebe auf die offenen Wunden anderer Menschen legten.

»Was bist du eigentlich, Herzika? Ein Jude bist du nicht, und ein Christ bist du auch nicht. Was hast du für eine Religion?« fragte ihn mit schwerer Zunge der junge, beschäftigungslose und zugrunde gegangene Sohn eines reichen Mannes in der Stadt.

Mento, der nicht einmal in besseren Zeiten Gespräche über religiöse Themen geführt hatte, antwortete nur nebenbei und tat das Gespräch als Spaß ab:

»Ich bin der Kapitän des großen Transatlantikdampfers Titanic.«

»So ist es!« riefen einige aus dem halbdunklen Hintergrund. »So ist es! Es lebe Kapitän Herzika!«

Das unangenehme Thema schien in diesem fröhlich-betrunkenen Lärm untergegangen zu sein, es versiegte aber nicht. Bald wieder gab jemand auf grobe und naive

Art zum besten, wie Hitler von einem Land ins andere zog und überall die Juden vernichtete bis zum letzten Mann.

»Er kann auch zu uns kommen, und dann kann es, Gott behüte, geschehen, daß auch unser Herzika noch an die Reihe kommt«, sagte jemand mit spaßhafter Besorgnis.

»Das kann leicht passieren, wo die Welt kopfsteht.«

»Mach dir keine Sorgen um Herzika. Jeder schaut auf sein eigenes Geschäft, Hitler, und Herzika auch«, warf Mento ein, der bisher singend Gläser geputzt und prüfend gegen das Licht gehalten hatte. Und er fuhr fort zu singen.

»Natürlich! Wie kann es Hitler nur wagen, die Titanic anzugreifen!«

Sie lachten alle, bis sie von den Spielern zum Schweigen gebracht wurden, von jenen richtigen Spielern, die alles störte, und die weder Späße noch Gespräche, noch Gelächter mochten, nichts auf der Welt außer dem gleichmäßigen Rascheln der Karten und der Geldscheine beim Spiel, das ewig gleich war, aber alle Möglichkeiten in sich barg.

Diese Späße waren Mento Papo ein bißchen unangenehm. Er war von den Juden getrennt und nicht daran gewöhnt, Gutes und Böses mit ihnen zu teilen, und jetzt war er doch dazu gezwungen. Er stellte sich aber gleichgültig und tat, was in einer solchen Gesellschaft das beste war: er nahm die Späße auf die leichte Schulter und antwortete ebenso spaßhaft. Während er aber zusammen mit den anderen lachte, von dem unbewußten

Wunsch getrieben, sich von ihnen nicht zu distanzieren, spürte er, wie ihm bisher unbekannte Schauer in einer schnellen und eisigen Prozession die Wirbelsäule hinaufkrochen; ein atavistisches Gefühl signalisierte sogar ihm die Gefahr, die im Kommen war. In solchen Augenblicken lachte er übertrieben und versuchte so, seine Gesprächspartner und sich selbst zu täuschen, ihre Späße auf ein anderes Gebiet zu lenken und diese innere Stimme zu betäuben.

In den ersten Monaten des Jahres 1941 begann die Atmosphäre nervöser Erwartung, der Besorgnis und des schlimmen Schweigens sich immer mehr zu verdichten und zu verdüstern. Sogar im »Titanic« wurden die Späße seltener, und das Lachen erstarb. Die Leute kamen wie früher und tranken, jeder, was ihm schmeckte, die Spieler organisierten ihre Kartenpartien, aber alle sprachen weniger und unterhielten sich nur über belanglose Dinge; und doch stockte das Gespräch jeden Augenblick, und die Blicke irrten unsicher und unstet umher.

Als im April der Todesreigen auch Sarajevo erreicht hatte, nachdem Deutschland Jugoslawien überraschend angegriffen und zerschmettert hatte, und als die Ustascha-Behörden in Sarajevo die ersten Maßnahmen zur Vernichtung von Serben und Juden ergriffen, war Mento Papo mehr verwirrt als erschrocken. Ehe er jedoch die wahre Natur seiner Verwirrung begreifen konnte, verwandelte sie sich plötzlich in Angst. In eine solche Angst, wie Mento sie sich gar nicht hatte vorstellen können, als er von der Angst anderer Menschen in anderen Ländern erzählen gehört hatte.

Vom ersten Tag an begannen die Gäste auszubleiben, einer nach dem anderen. Einige waren wie vom Erdboden verschluckt, und die anderen gingen vorbei, kehrten aber nicht ein; sie senkten den Kopf und warfen einen schnellen Blick auf das Haus, in dem das Buffet »Titanic« untergebracht war, als sei das Haus früher einmal hier gestanden, später aber zerstört worden, und als sei dort jetzt nur ein leerer Platz, der keine Erinnerung mehr an das Haus erwecken konnte. Wenn Papo sich dumm stellte und von der Schwelle seines Buffets einen Vorübergehenden anrief und ihn zum Bleiben ermuntern wollte, eilte der ehemalige Gast, Spiel- und Trinkkumpan irgendwo anders hin und grüßte nur kurz mit den Augen, als sei er stumm. Auch derjenige, der nie in seinem Leben Eile gehabt hatte, hatte es nun eilig.

Eines Tages floh auch Agatha, aber nicht nach Streit und Schlägerei; sie verschwand ganz leise und unbemerkt. An jenem Morgen, an dem Mento auf die Vorladung hin zur Polizei ging, um sich als Jude registrieren zu lassen, seine Gasthauskonzession abzugeben und dafür die gelbe Binde mit dem Davidstern in Empfang zu nehmen, raffte sie alles Geld, Kleider und Wertgegenstände, die sie im Haus nur finden konnte, zusammen und verschwand ohne Spur. Das Verschwinden seiner Frau, die Katholikin war, und deren Bruder, wie sie selbst zugegeben hatte, zu den Ustascha-Leuten gehörte, war für Mento endlich ein klares Zeichen und ein Schlag, von dem er sich lange nicht erholen konnte. Er sah, wie die Leute vor Unannehmlichkeiten und Gefahr Reißaus nahmen. Wie Schuppen blätterte alles, was ihn bisher umgeben hatte, von ihm ab, und übrig blieb nur Mento Papo, eine Jude ohne irgendwelche Verbindung mit den anderen Juden, ein Mann ohne Geld, ohne Ansehen und ohne Besitz, nackt und stumm und ohnmächtig.

In seiner Angst und in seiner gedrückten Stimmung entschloß er sich sogar, zu einigen angesehenen Juden zu gehen, nur um sie zu fragen, was dies alles zu bedeuten habe. Aber sie sahen ihn stumpf an und fanden kein Wort für ihn. Mento begriff, daß sie nicht einmal für sich selbst und die Ihren sorgen konnten, und daß selbst die richtigen Juden, die bessere Leute waren, keinen Ausweg wußten. Als er zu seinem leeren Haus zurückkehrte, sah er, wie das Vakuum um ihn, den Juden, immer größer wurde und daß diese neue Macht, die ihm von Tag zu Tag immer unmenschlicher, kälter und unerbittlicher erschien, keinen Unterschied zwischen guten und schlechten Juden machte.

Das »Titanic« war vollkommen verlassen. Nicht einmal Bettler schauten herein. Der einzige, der in diesen Tagen noch einkehrte, war der Träger Nail Plosko, ein alter Kunde, für den Mento immer Platz gehabt hatte, auch wenn das Buffet gestopft voll war, und dem er selbst in Tagen der Krankheit und der Not ein paar Zigaretten oder ein paar Glas Schnaps auf Kredit gegeben hatte. Er war ein athletischer Mann, aber ganz verkrümmt von Rheumatismus, vom Alkohol angenagt, abgerissen, vernachlässigt, und aus dem immer von einem roten, borstigen Bart umwachsenen Gesicht blickten zwei große, blaue, lustige Augen, die das einzig Reine und Unversehrte an diesem großen Körper geblieben waren.

Wenn er vom Bahnhof zurückkehrte, verschwitzt und staubig oder durchgefroren und in Fetzen gehüllt, ging er nie am »Titanic« vorbei, ohne einzutreten. Noch vor einigen Wochen saß er in der Ecke auf der Kiste, und, mit seiner selbstgedrehten Zigarette, die immer wieder ausging und erlosch, kämpfend, rief er irgendeinem jungen Mann zu:

»Wer? Du? Ich hebe heute noch mit den Zähnen das auf, was du auf deinem Rücken tragen kannst!«

Wie weit schien Mento diese schöne und sorglose Zeit im »Titanic« nun zurückzuliegen! So als sei dies vor einem Jahrhundert und in einer anderen Welt gewesen. Und jetzt? Nail war der einzige und der letzte, der noch kam. Es war ihm vielleicht auch unangenehm, und es fiel ihm nicht leicht, aber er konnte vor Scham einfach nicht anders, als einzutreten, wenn er vorüberkam. Mento fand irgendwo noch immer etwas Schnaps, und sie tranken und wollten sich dabei unterhalten wie früher, ohne das, was sich vor ihren Augen abspielte, zu erwähnen, aber das ging nicht. Mento sprach mit einer veränderten Stimme, die zitterte, als wolle sie brechen und sich in Schluchzen verwandeln. Er schien noch kleiner geworden zu sein. Sein unrasiertes Gesicht hatte keinen Ausdruck, und seine schielenden Augen, die vor Schlaflosigkeit und Fieber entzündet waren, blickten nirgends hin und konnten nichts erkennen. Er erzählte, er habe das Buffet geschlossen, müsse aber den Raum behalten, weil er nur durch ihn in seine Wohnung hinein könne. Das schlimmste für ihn sei, sagte er, daß er nichts mehr besitze. Er habe keine Angst vor dem Hunger. Es ärgere ihn aber, daß er kein Geld im Haus habe, das er den bösen Menschen zustecken und sich so gegen sie verteidigen könne. Nail hielt vor sich in der unruhigen Linken das Glas und zupfte mit der Rechten verlegen an dem fettigen Trägerseil, das ihm über die Schulter hing. Er wußte nichts und konnte auch nichts tun, genausowenig wie die anderen, er wollte dies Mento aber irgendwie erklären. Er stotterte und quälte sich ab wie ein Angeklagter, der sich schuldig fühlt.

»Herzika! Das ist ... Gott behüte. Das ist, Bruder Herzika, eine groooße und schwere Politik, oder was weiß ich. Das ist eine ... eine ... eine. Gott behüte, Herzika. Eine – wie sagt man da nur? eine ... Bruder –«

So sprach er immerzu im Flüsterton, konnte aber nicht zu Ende sprechen und erklären, was dieses eine sei, wovor man sich hüten müsse, welcher Gott einem dabei helfen solle und wie. Zum Unterschied aber von den anderen einstigen Kameraden sah er Mento gerade und frei an, und seine großen blauen Augen schienen wie von Tau überzogen zu sein, feucht, nicht vom Schnaps, sondern von einem tiefen ohnmächtigen Mitleid.

Die zwei Männer saßen und schwiegen, und keiner von ihnen wußte, was er sagen sollte, sowohl zu dem andern als auch zu sich selbst. So saßen sie, und Mentos Blick wurde immer wieder von dem dünnen Streifen starken Lichts angezogen, das durch den Spalt der angelehnten Tür in den dunklen Raum fiel, und das, was er als geraden, dünnen, goldenen Stab sah, war, so wußte er, ein strahlender Septembertag über Sarajevo, durch den sich so viele Menschen bewegten, Menschen, die genauso wie er ohne Qual leben wollten, angenehm, ruhig und lange. – Durch diesen engen hellen Spalt verschwand auch Nail, nachdem sie noch lange schweigend gesessen hatten, und ließ ihn allein zurück.

Jetzt sah selbst Mento ein, daß dies wirklich der schwarze Freitag war, nach dem es für die Juden keinen Sabbat mehr geben würde, sondern nur mehr ein düsteres Ende. Er wußte nicht, wann und warum es kommen würde, er merkte es nur an dieser Stille und Leere um sich, genauso wie er es vorhin an Nails Blick und an seinem Stottern gemerkt hatte. Das einzige, was er wirklich fühlte, war Angst. Die Angst war für ihn jetzt Maß und Ausdruck für alles.

Die Angst war in diesen Ländern als Same gesät worden, rechtzeitig, planvoll und mit guter Kenntnis des Bodens und aller Bedingungen, dann wurde sie sorgfältig gehegt und gepflegt, und jetzt brachte sie Früchte. Die Angst beraubte und schlachtete solche Menschen, wie Mento einer war, die Angst lähmte ihnen die Hirne und verband ihnen die Augen, und den Ustascha-Leuten war es ein leichtes, zu rauben und zu schlachten.

Die Angst verrichtete in diesem Fall die Hauptarbeit. Auch Mento war einer von denen, die erschrocken waren und so außer sich, daß sie sich nicht einmal fragen konnten, was für eine tödliche Macht das war, die sie verfolgte, und wie groß sie war, und ob es möglich war, ihrem Schlag auszuweichen, wenn man sich der Gewalt schon nicht mit Gewalt widersetzen konnte, und die tatenlos abwarteten, bis die Reihe an sie kam. Wie sollte er auch nicht erschrocken sein, er mit seinem schwachen

Verstand und mit seinem lasterhaften Leben, wenn so viele, die gescheiter waren als er, angesehener und stärker, ebenso erschrocken waren?

Mento hatte sich in diesen wenigen Monaten sehr verändert. Er aß kaum und trank auch wenig, nur am Abend genehmigte er sich einen Doppeltgebrannten, um seine Angst zu lähmen. Er hatte niemanden mehr, mit dem er spielen konnte, es verlangte ihn auch nicht danach, und die Späße und Schelmenstreiche aus dem einstigen »Titanic« fielen ihm gar nicht mehr ein. Er war mager geworden, dünner und irgendwie verfeinert. Sein Gesicht war jetzt blaß und schmal, die Augen schienen größer zu sein, und der feuchte Schatten der Angst, der ständig auf ihnen lastete, verlieh seinem Blick einen neuen Ausdruck der Trauer und der Würde.

Von Zeit zu Zeit führte man auch ihn mit einer größeren Gruppe anderer Juden aus Sarajevo mit der Lokalbahn nach Ilidža; dort mußten sie die Trümmer wegräumen, die noch von dem Bombardement geblieben waren. Die Juden erwiderten seinen Gruß, aber keiner von ihnen ließ sich mit ihm auf ein Gespräch ein. Das traf ihn schwer, denn er sah, daß sie miteinander sprachen, und empfand dabei den mächtigen Wunsch, sich mit ihnen darüber zu unterhalten, was geschah und was aus ihnen noch werden sollte. Es war schwer, ja ausweglos, ganz allein über all das nachzudenken, sich Fragen zu stellen und vergeblich eine Antwort zu suchen. Am schwersten jedoch fiel ihm die körperliche Arbeit, an die er nicht gewöhnt war. Draußen konnte er die Arbeit noch irgendwie aushalten, gestärkt durch die Gemeinsamkeit und getrieben von der Angst vor Schlägen, aber am Abend, wenn er ganz schmutzig von Schweiß und Staub in seine leere Wohnung zurückkehrte, spürte er, wie jeder Muskel ihm weh tat, und er weinte vor Schmerzen laut wie ein Kind.

Die anstrengende Lebensweise und die ständige Gefahr erschöpften Mento vollkommen, vertrieben aus ihm auch noch den letzten Rest an klarem Verstand und an Widerstandskraft, und setzten an ihre Stelle Zwangsvorstellungen und panische Angst. Und als es eines Nachts auch an die Tür des »Titanic« klopfte, war Mento nicht überrascht, sondern erschrak nur noch mehr. In seinem Kopf war alles schon geschehen und in den langen Stunden der Angst, der Einsamkeit und der Schlaflosigkeit zu Ende gedacht. Er nahm alles hin wie das Schicksal, dem man nicht entrinnen konnte, und sah in allem, was geschah, eine einfache Rechenaufgabe. Ihm war klar, daß irgendwo bei den geheimnisvollen, tadellos funktionierenden und total bewachten deutschen Behörden Listen angelegt wurden, in denen jede Person bis zum letzten Detail verzeichnet, und in denen festgelegt war, wann jeder einzelne verhaftet, seines Vermögens beraubt und gefoltert werden sollte, ob er gleich getötet oder zuerst in ein Lager verschickt werden sollte. All dies war bereits protokolliert, und die Ustascha-Leute, die sich Mento als Männer mit stählernen Nerven vorstellte, bewußt, kalt, unerbittlich und genau wie die Uhren, vollstreckten all das unwiderruflich, wie das Schicksal selbst, dem man sich nicht widersetzen konnte. Nach diesem großen Plan war die Reihe jetzt an ihn gekommen, an Mento Papo, und er hatte jetzt nur die Tür zu öffnen und das zu tun, was man von ihm verlangte. Und er öffnete die Tür.

Als wolle er die offene Tür auseinandersprengen, trat breit und grob ein Mann in Ustascha-Uniform ein. Die italienische Mütze mit dem Ustascha-Zeichen hatte er tief in die Stirn gedrückt, und an der linken Hüfte trug er in einem Lederfutteral einen Revolver. Nun endlich war diese unverständliche Strafe und das schreckliche Schicksal vor Mentos Augen getreten. Eigentlich war es Stjepan Ković, ein frischgebackener Ustascha-Mann, Angehöriger einer fliegenden Einheit, die nach Sarajevo gebracht worden war, ansonsten ein bekannter Nichtstuer und Tausendsassa aus Banja Luka.

II

Stjepan Ković wurde in Banja Luka geboren, aber seine Familie stammte aus dem mittleren Bosnien. Seine Vorfahren waren einst gute Handwerker gewesen, und das Handwerk hatte sich vom Vater auf den Sohn vererbt. Nach der österreichischen Okkupation, 1878, ging ihr Handwerk zugrunde, und die Ković zerstreuten sich über ganz Bosnien als Tagelöhner oder bestenfalls als kleine Subalternbeamte von Staat oder Gemeinde.

Stjepans Vater war schon seit jungen Jahren Gerichtsdiener in Banja Luka. Er war ein unansehnlicher und gedrückter Mensch, unzufrieden mit dem Leben und seinem Dienst. Er war von dem Ehrgeiz besessen, als Kerkermeister in das »Schwarze Haus«, das Gefängnis von Banja Luka, einzuziehen, dort eine Vertrauensstellung einzunehmen und jenem Teil der Menschheit anzugehören, der Säbel trug und Macht ausübte, wenn diese Macht auch nicht größer war als ein Hirsekorn. Mit diesem Wunsch war er gestorben.

Die Frau von Augustin Ković war die Tochter einer armen Witwe, die Offizierswäsche gewaschen hatte. Schon als kleines Mädchen trug sie die reine Wäsche in die Wohnungen der Offiziere. Dieses saubere und hochgewachsene Mädchen heiratete plötzlich und überraschend den unansehnlichen Gerichtsdiener Augustin Ković. Sie gebar ihm nur ein Kind, und das schon sieben Monate nach der Hochzeit. Die Nachbarinnen, die fremde Monate und fremde Schritte zählten, flüsterten, der Vater dieses Kindes sei ein Offizier. Augustin selbst bestritt das entschieden und behauptete, das Kind sei von ihm. So wurde die Angelegenheit mit der Zeit vergessen. In den Nächten aber, wenn er ein bißchen mehr getrunken hatte – er trank im geheimen, zu Hause, bei versperrter Tür – geriet er mit seiner Frau in einen dumpfen und endlosen Streit, behauptete, daß man ihm ein Kuckucksei ins Nest gelegt habe, und daß er fremdes Blut ernähre und kleide. Und so ging es bis zur Erschöpfung, bis zu dem vor Müdigkeit, Streit und Schnaps totenähnlichen Schlaf.

Der Knabe war blaß und mager und ähnelte wirklich weder seinem Vater noch seiner Mutter. Der Vater wollte um jeden Preis, daß er die Schule besuche und ein Herr werde, um sich so durch sein Kind am Leben zu rächen. Doch der Knabe lernte schlecht. Bis zur dritten

Gymnasialklasse ging es noch irgendwie, aber dann stand er vor Algebra und Latein wie vor unsichtbaren Mauern. Der Vater schlug und flehte ihn wechselweise an, ihm nicht die einzige Hoffnung zunichte zu machen, aber es half nichts. Der Knabe entwickelte sich körperlich sehr rasch, er wurde früh reif und war ganz mit diesem seinem Körper und den unbestimmten Wünschen, die ihn erfüllten, beschäftigt, er war zerstreut, dumpf und für alles andere unempfänglich.

Als Augustin Ković starb, mußte die Witwe den Sohn aus dem Gymasium nehmen und in die Lehre geben. Er begann als Lehrling in einem Manufakturwarengeschäft, hielt es dort aber nicht lange aus und wechselte zur Haupt-Buch- und Papierhandlung von Banja Luka über, die ein Jude betrieb. Doch wollte man ihn dort nicht lange behalten, weil man ihn bei Diebstählen erwischte. Er hatte nur Kleinigkeiten gestohlen, aber nach der überlieferten Handelsregel wollte der vorsichtige jüdische Besitzer ihn weder anzeigen, noch das Gestohlene zurückfordern, sondern entließ ihn nur sofort und warnte ihn, sich in der Nähe des Geschäfts nicht mehr blicken zu lassen, wenn er nicht wünschte, mit Polizei und Gefängnis Bekanntschaft zu machen. Diese Angelegenheit vertraute Stjepan nur seiner Mutter an.

Danach trat Stjepan Ković bei einem Photographen in die Lehre, hielt es aber auch dort nicht bis zu Ende aus. Er nützte das unruhige Jahr 1918 aus und verließ das Handwerk und seinen Heimatort. Er meldete sich zuerst aus Zagreb, später aus Belgrad, wo es ihm irgendwie gelungen war, das Handwerk eines Photographen zu erlernen. In den stürmischen Jahren nach dem Ersten Weltkrieg konnte man sich leicht Diplome, Arbeit und Verdienstmöglichkeiten verschaffen.

Stjepan reiste durch das ganze Land, nahm Bilder zur Vergrößerung an und schickte sie an seine Firma in Zagreb. Er kam von Zeit zu Zeit nach Banja Luka, blieb dort einige Zeit und reiste dann weiter. So heiratete er auch ein Mädchen in der Bačka, wo die Mädchen aufs Heiraten gierig sind, und bekam eine größere Mitgift in bar ausbezahlt. Er blieb aber weder in dem großen Dorf in der Bačka, noch kam seine Frau je nach Banja Luka. Er kam allein, mit billiger Eleganz gekleidet und mit einem müden, verlebten Ausdruck im Gesicht. Hier eröffnete er mit dem Geld, das er mitgebracht hatte, ein Photoatelier: »Photo-Studio Helios – Stjepan Ković«. Eigentlich arbeitete in seinem Atelier ein einstiger Schulkamerad aus dem Gymnasium, ein durchgefallener Schüler der Kunstakademie in Zagreb, ein begabter Zeichner, Bohemien und unverbesserlicher Alkoholiker, während Ković das Geschäft nur »führte« und den Gewinn verbrauchte.

Als nach zwei Jahren der unglückselige verkrachte Maler an Tuberkulose starb, begann Stjepans Studio zu verfallen und seine Kunden zu verlieren, sodaß er es am Ende schließen mußte. Und wieder lebte er als Vermittler von Photovergrößerungen und als Händler von Photomaterial im kleinen.

Womit er sich auch beschäftigte, und wohin er auch ging, galt Stjepan Ković in seinem Heimatort als komische Figur. Er war einer von jenen unproduktiven Menschen, die weder welkten noch reiften, und die sich mit dem alltäglichen Durchschnittsleben nicht abfinden wollten, aber auch weder Kraft noch Fähigkeit hatten, es durch Arbeit und Ausdauer weiterzubringen.

Auf die Straße gehen hieß für ihn immer, sich zur Schau stellen. Er beneidete jeden, der ruhig und natürlich über die Hauptstraße zur Arbeit gehen konnte und dabei nicht an sich selbst denken, noch sich fragen mußte, wie er aussah, und was man von ihm dachte. Er beneidete und haßte solche Menschen und hatte das Gefühl, daß er zugleich höher und niedriger war als sie. Weder als Knabe noch später konnte er mit leeren Händen durch den Bazar gehen, weil er immer das schmerzliche Gefühl hatte, zu vergehen, daß ihm die Knie zitterten und daß er niederfallen würde, wenn er nicht irgend etwas in der Hand hielt: eine Zeitung, einen Stock, ein Buch oder ein Kleidungsstück. Je ungewöhnlicher dieser Gegenstand war, um so besser fühlte er sich, und um so leichter und sicherer konnte er schreiten.

Sich mit anderen zu unterhalten, war für ihn eine komplizierte und qualvolle Arbeit, weil unter dem Thema, das man laut besprach, seine Gedanken immer um ein zweites Thema kreisten. Während er sprach, fragte er sich ständig, was sein Gesprächspartner von ihm denke: ob er ihn verachte, warum sein Blick so gelangweilt auf Stjepans Gesicht ruhte, während der Gesprächspartner ihm mit beleidigender Zerstreutheit zuhörte. – Währenddessen hörte er selbst nur zerstreut zu, und während er sprach, war sein Blick unstet und seine Sprechweise unsicher.

Soweit er zurückdenken konnte, wurde er von einem schmerzlichen Ehrgeiz und von dem unwiderstehlichen Wunsch geplagt, etwas zu sein, was er nicht war. Er wollte irgend etwas anderes sein oder wenigstens so erscheinen, als sei er ein anderer. Nur damit der Blick der Menschen nicht so kalt über ihn hinglitt. Er wollte nicht. Er wollte nicht, daß sein Anteil an der Welt so geringfügig war wie der jedes anderen: Arbeit, Sorge und Anstrengung; er wollte ein glänzendes und leichtes Leben führen, das die Blicke der anderen auf sich zog und sie blendete. Wie sollte er das aber erreichen, so unwissend, unfähig, faul und unzuverlässig wie er war?

Dieses Mißverhältnis trieb ihn immer wieder, schon seit seinen Schul- und Lehrjahren, dazu, durch Absonderlichkeiten in seiner Kleidung, seiner Sprechweise und seinem Benehmen die Bürger seines Heimatortes herauszufordern, zu verspotten und zu schockieren. Was hatte er nicht alles im Laufe der Jahre getan, um in den Augen der Leute etwas zu bedeuten? Einmal nahm er einen Leinensack für Tennisschläger, füllte ihn mit Brettern und führte ihn stolz durch die Stadt spazieren. Ein andermal wieder trug er einen leeren Geigenkasten mit sich. Dann verschaffte er sich eine Pfeife, von der er behauptete, sie sei englische Qualitätsware, hielt sie krampfhaft zwischen den Zähnen, während er durch die Stadt ging, und paffte auffällig Rauchwolken in die Luft, während ihn Übelkeit befiel und sein Mund ganz bitter wurde. Er kaufte irgendwo eine große Brille mit dunklen Gläsern oder eine kleinere mit blauen Gläsern und einem weißen Bügel aus Zelluloid. Von jeder Reise brachte er etwas

Neues und Ungewöhnliches mit. Oft kam er in einem Anzug, der in Schnitt und Farbe so seltsam war, wie ihn Banja Luka noch nicht gesehen hatte. Er brachte Hunde mit, denen er phantastische Herkunft und Rasse nachrühmte und denen er Namen gab, die kein Mensch aussprechen konnte. Aber nach einigen Tagen schon wurde das alles bekannt und alltäglich, und er mußte etwas anderes erfinden. So änderte er im Laufe der Jahre seine Frisur, rasierte sich den Schnurrbart weg, ließ sich einen Vollbart wachsen oder einen Spitzbart und rasierte ihn wieder weg. Er wechselte seine Redensarten und Flüche, seinen Gang und seine Bewegungen, je nach dem letzten Film, den er gesehen hatte.

Als er nichts Neues mehr ersinnen konnte, behauptete er einmal in jüngeren Jahren, als er von einer Reise zurückgekommen war, er habe eine schwere Augenoperation hinter sich, bei der er das rechte Auge eingebüßt habe; jetzt sei es aus Glas. Und so ging er durch den Bazar, blinzelte mit dem linken Auge und hielt das rechte Auge geduldig so weit aufgerissen, wie es nur möglich war.

Er rühmte sich oft solcher Laster, die er gar nicht hatte, und solcher Vergnügungen, zu denen er gar nicht kommen konnte und an denen ihm gar nichts lag.

So blieb am Ende kein einziger Zug an ihm und keine Eigenschaft in ihm, die wirklich und wahrhaftig sein eigen waren.

Die Stadt gewöhnte sich an einen Stjepan Ković dieser Art. Seine Lügen und Absonderlichkeiten schienen unerschöpflich zu sein. Und doch begannen sie mit den

Jahren zu versiegen, wie auch die Tiere aufhören zu spielen, wenn sie alt geworden sind. Es kamen leere und graue Jahre. Das naive und leicht durchschaubare jugendliche Spiel war ihm langweilig und verhaßt geworden. Er hatte seine »englische« Pfeife eigentlich von jeher gehaßt, da sie in Slowenien erzeugt worden war und da sich mit ihrer Hilfe niemand hinters Licht führen ließ; wenn es ihm auch manchmal gelang, mit dieser Pfeife jemanden hinters Licht zu führen, ihn konnte sie nicht täuschen, nicht einmal im Traum. Er sah nun ein, daß er jede seiner billigen Masken, die er im Laufe der Jahre getragen hatte, um sich hervorzutun, von seiner Umgebung abzustechen und sich über sie zu erheben, von jeher gehaßt hatte; er haßte sie schon deshalb, weil er sie brauchte, vor allem aber, weil sie ihm nichts halfen, sondern ihn nur lächerlich machten, und weil er trotz seines Spiels mit ihnen nie von der Stelle kam und der blieb, der er immer gewesen war. Er sah selbst ein, daß er mit dieser ewigen Maskerade in den Augen der Leute nur verlor und in seinen eigenen nichts gewann. Wie oft hatte er das gespürt, wenn er in seinem armseligen Zimmer aufgewacht war, nackt und ohnmächtig, ganz von Schweiß bedeckt und fiebernd; dann lag er auf dem dünnen und schon lange nicht überzogenen Kissen, aus dem eine höllische Hitze und ein häßlicher Geruch von alter, zusammengedrückter Wolle drang. (Dieser Geruch begleitete ihn überallhin und trat von Zeit zu Zeit hervor, als wahrnehmbarer Ausdruck seines Elends und seiner Ohnmacht.) Die Selbsterkenntnis trieb ihn dazu, neue Masken und neue Absonderlichkeiten zu suchen. Da er aber schon im voraus wußte, daß dies ihm nichts nützen würde, haßte er seine Absonderlichkeiten, sich selbst und die ganze Welt immer mehr.

Am Ende wurde er all dieser Dinge müde. Nach so vielen Jahren solchen Lebens begann Stjepan Ković enttäuscht allmählich, sein Maskenspiel aufzugeben. Die Überraschungen, die er seinen Mitbürgern bereitete, wurden immer seltener, und seine Erfindungen, mit denen er sich vor ihnen hervorzutun suchte, immer schaler, und ihre Wirkung wurde immer schwächer. Er war der fieberhaften Anstrengungen, sich vor den Leuten aufzuspielen und ihre Blicke auf sich zu lenken, ja, selbst ihr Staunen und ihren Spott hervorzurufen, wenn er schon nicht ihre Achtung und Bewunderung erringen konnte, müde geworden; er war erschöpft. Ohne dieses Spiel schien alle Lebenskraft seinen Körper zu verlassen. Er begann vorzeitig zu altern, vielmehr zu welken und Haare zu lassen. Sein üppiges braunes Haar, das einst durch seine exotischen Frisuren die Aufmerksamkeit und den Spott der Bürger erregt hatte, wurde jetzt dünn. Die Glatze auf seinem Schädel wuchs. Tage- und wochenlang ging er auf den Bazar, ohne etwas Besonderes an sich zu haben und ohne irgend jemand in seinem Gang nachzuahmen. Er ging gebückt und mit unstetem Blick. Er hatte keine richtige Beschäftigung und nahm jede Arbeit an, die keine Kenntnisse und keine Anstrengung erforderte und nicht lange dauerte. Man sah, daß er noch lebte, man wußte aber nicht, wovon. Seine Mutter blieb im Schlechten wie im Guten immer bei ihm; sie trug stets Trauer, sie war schwach und dünn und stiller als ein

Schatten. Sie sah, was die anderen nicht sahen. Ihr Sohn, der nie regelmäßig geraucht und getrunken hatte und der vor allem niemals betrunken gewesen war, blieb jetzt immer öfter abends zu Hause und trank sein Quantum Schnaps. Sie sah ihn immer auf derselben Bank sitzen, auf der einst sein Vater gesessen war, an derselben verborgenen Stelle, dort trank er, düster und einsam, ohne Kameraden und ohne Lachen, wie ein Verurteilter.

Etwa zwei Jahre vor dem Krieg begann Stjepan Ković wieder etwas mehr umherzureisen und besser zu verdienen. Er tat sich aber nicht mehr besonders hervor. Inzwischen war eine andere Generation herangewachsen. Ihn hatte die Stadt vergessen. Er war jetzt schon in die Vierzig, und es hatte den Anschein, daß er im Vergessen versinken würde.

Dann kam der Monat April des Jahres 1941, der den Überfall der Deutschen und der Italiener auf unser Land mit sich brachte. Dieser Monat April, der auch in anderen, größeren Bereichen vieles bisher Ungesehene und Ungeahnte an den Tag brachte, ließ auch eine neue Seite an Stjepan Ković erkennen. Es zeigte sich, daß seine jahrelang geübte Schauspielerei und Verstellung alles in allem eine düstere und gefährliche Kehrseite hatte, die sich in den wenigen Jahren seiner Zurückgezogenheit zum Bösen entwickelt hatte.

Während der Mobilmachung der jugoslawischen Armee hatte Stjepan Ković sich irgendwo versteckt. Sobald aber nach dem Zusammenbruch die ersten Ustascha-Leute in Banja Luka ankamen, tauchte er in Uniform auf. Zuerst schien es, als sei jene Zeit zurückgekehrt, in der er nach seinen Reisen mit ungewöhnlichen Anzügen und Schuhen die Bewunderung der Passanten hervorgerufen hatte. Aber jetzt ging Stjepan Ković trotz seiner unsoldatischen Haltung düster und bleich vor Wichtigkeit und Ernst, von dem er offenbar durchdrungen war und mit dem er seine ganze Umgebung erfüllen wollte, einher. Er hatte weder Rang noch Orden, hielt sich aber steif und streng. Er erzählte, daß er schon seit 1938 mit der Ustascha-Bewegung in Verbindung gestanden habe und daß er in den letzten drei Jahren in ihrem Dienst zwei oder drei wichtige und gefährliche Reisen unternommen habe. Soweit man aber sehen konnte, diente er den Ustascha-Leuten als ein Mann, der seine Heimatstadt, ihre Einwohner und die Beziehungen zwischen ihnen gut kannte; er war ihr Spitzel und der Fremdenführer jener Ustascha-Leute, die Hausdurchsuchungen und Verhaftungen vornahmen und Gewaltakte verübten. Auch an der »Beschlagnahme«, das heißt Plünderung der großen jüdischen Papierhandlung, aus der er als Lehrling davongejagt worden war, nahm er selbst teil. Mit Wonne zerriß und zertrampelte er leere Kartonschachteln. Der Sohn des Besitzers hielt sich irgendwo in der Stadt versteckt oder war geflohen. In der Wohnung, die im ersten Stock über der Papierhandlung lag, fanden sie den alten Besitzer, der einst den Lehrling Stjepan Ković so diskret wegen Diebstahls entlassen hatte. Der alte Mann war schon über siebzig und sah nicht mehr gut. Sie bedrängten ihn, ihnen zu sagen, wo sein Sohn und sein Geld versteckt waren. Dem Alten gab aber gerade die Gewißheit, daß sein Sohn nicht in den Händen der Ustascha-Leute war, Mut und Festigkeit. Er antwortete ruhig und gelassen auf ihre Fragen. Er ließ sich weder durch Drohungen noch durch Schläge einschüchtern. Seine kranken Augen glänzten verzückt und heiter und verliehen dem ganzen Gesicht einen Ausdruck der Abwesenheit und Sorglosigkeit. Er verschwand noch in derselben Nacht.

Nach den ersten Plünderungen und Morden begannen sich die staatlichen Behörden und die Ustascha-Hierarchie in der Stadt zu organisieren. Die Ustascha-Leute hatten sich mit den Verhältnissen vertraut gemacht. Stjepan Ković, den sie bisher gebraucht hatten, wurde nun überflüssig. Er ging in seiner neuen Uniform spazieren, aber im allgemeinen Gedränge und der Geschäftigkeit der Ustascha-Leute verlangte niemand nach ihm. Er erwähnte immer häufiger jene Reisen zugunsten der Ustascha-Bewegung, in denen er »sein Leben aufs Spiel gesetzt« habe, er sah aber selbst ein, daß sie ihn damals zu jener gefährlichen Mission nur darum ausgesucht hatten, weil er ein unbedeutender Mensch war, den niemand ernst nahm und den niemand verdächtigen konnte.

Er spazierte durch die Stadt, und es schien ihm, als sei alles so wie einst: Er war nicht der, der er sein wollte, und der er, wie er glaubte, sein müßte. Die Blicke glitten an ihm ab. Die Leute, mit denen er sprach, hörten ihm nur zerstreut zu und warteten selten das Ende seiner Rede ab. Auch diese große, blutige Maskerade schien ihm nicht viel zu helfen. Er fand sich selbst unter den Ustascha-Leuten nicht zurecht. Sie waren meist jüngere

Leute, impulsiver und kampffreudiger als er, die es verstanden, zuzuschlagen, Schrecken zu verbreiten, zu rauben, und, wenn es gerade traf, auch zu töten, und das alles ohne viel Worte und ohne Zögern. So sehr er sich auch bemühte, er konnte mit ihnen nicht Schritt halten.

Auch im Ustascha-Kommando schien jemand eingesehen zu haben, daß es nicht gut war, wenn die Leute, die sich an alle Verwandlungen Stjepans erinnern konnten, diesen Ković nun als Ustascha-Mann sahen, und zwar ständig und als besonders auffallenden Ustascha-Mann, denn er konnte sich ja nicht normal benehmen. Sie schoben ihn zu einer fliegenden Einheit ab, die nach Sarajevo geschickt wurde, um dort die Juden noch vor ihrer Deportation zu terrorisieren. Das war ihm auch lieber. Denn solange er in Banja Luka blieb, mußte er, so schien ihm, etwas unternehmen, um sich hervorzutun. Was immer er aber auch unternahm, er konnte nicht genügend Aufmerksamkeit erregen, da niemand ihn ernst nahm.

Stjepan wurde es immer klarer, daß sein einstiger Wunsch nach einem außerordentlichen Leben der Pracht und der Machtfülle sich nie verwirklichen lassen würde, weil er seine wahre Natur immer wie einen Schatten hinter sich herschleppte. Sogar in dieser schrecklichen Ausnahmezeit, die solchen Leuten wie ihm ungeahnte Aussichten und unbegrenzte Möglichkeiten eröffnete und ihnen volle Straflosigkeit sicherte, war sein Anteil am Leben nur armselig und mittelmäßig. Er war Ustascha-Mann geworden – Wichtigkeit! – und hatte selbst ein bißchen Angst davor. Er hatte sich unter die jungen Leute, Gewalttäter und Habgierige, gemischt, Menschen, vor denen er immer etwas Angst gehabt hatte und unter denen er sich auch jetzt wie ein Straßenköter unter Wölfen fühlte. Vor vielen Bekannten kam er sich in seiner neuen Uniform unbehaglich vor; seine Mutter, die bisher immer zu ihm gehalten hatte, sah ihn jetzt mitleidig und Böses ahnend an, sagte nichts und schüttelte nur vorwurfsvoll und besorgt ihren Kopf. Was hatte er schon davon gehabt? Er hörte den Erzählungen der Ustascha-Leute, die jünger und frecher waren als er, zu. Sie überfielen jüdische Häuser und benahmen sich so wie Tiger unter Hasen. Er sah, wie sie serbisches und jüdisches Eigentum plünderten, und wie ihre Bewegungen über Nacht anders und freier geworden waren, wie die von Leuten, denen nichts abging, die niemandem Rechenschaft über ihre Taten schuldig waren, und die nicht jeden Groschen zweimal umdrehen mußten, ehe sie ihn ausgaben; sie kannten keine Rücksichten und keine Grenzen. Er hörte ihnen zu und beobachtete sie, und in ihm mischten sich Neid und Bewunderung mit dem Wunsch, einmal selbst zu lernen, wie man so etwas machte, und wie man eigentlich so mächtig, geschickt, böse und rücksichtslos werden könnte. Gleichzeitig hatte er davor eine tiefe und unverständliche Angst.

Er versuchte bei Haussuchungen in jüdischen Häusern selbst jemanden anzuschreien, mit den Stiefeln aufzustampfen oder seine Waffen klirren zu lassen, aber das alles ging ihm nicht von der Hand. Er fühlte, daß es nicht richtig war; seine Bewegungen waren nicht schnell und furchterregend genug, seine Worte waren nicht scharf, nicht einmal die Pistole klickte überzeugend in seiner Hand. Vor anderen Ustascha-Leuten schlugen die Juden ihre Hände zusammen und erstarben vor Angst, an ihn aber wandten sie sich mit tränenreichem Vertrauen und suchten in seinen Augen nach Hilfe und Mitgefühl. Wenn es ihm schon einmal gelungen war, einen Juden mit seinem Geschrei und seinen Flüchen zu erschrecken, schien ihm, als sehe ihn dieser Jude mehr erstaunt als angstvoll an, und als zeige sich in seinen nicht genügend erschrockenen Augen ein spöttischer Schimmer, so als warte der Jude darauf, daß der Vorfall sich in nichts auflösen werde wie ein dummer Traum. Stjepan schien, als würde der alte Jude, den er gerade bedrängte, abwinken und ihm trocken und geschäftsmäßig, beinahe verächtlich, sagen:

»Komm schon, laß diese Dummheiten.«

Das beleidigte und reizte Stjepan Ković, und er hatte davor mehr Angst als vor Widerstand und Kampf. Es geschah, daß er in seinem Zorn und in seiner Verbitterung die Kraft aufbrachte, dem alten Juden eine Ohrfeige zu geben, aber so weibisch, so ungeschickt und so kraftlos, daß er selbst zusammen mit dem Juden ins Schwanken geriet und dann ohnmächtig und verwirrt vor ihm stehenblieb. Und ihm schien, als könnten alle Leute es sehen und dabei dasselbe denken, was der Jude und er sich dachten. Und er sah um sich, um sich zu vergewissern, daß keiner der Ustascha-Leute ihn beobachtete.

Deshalb war es Stjepan Ković angenehm, Banja Luka zu verlassen und in eine andere Stadt zu kommen, wo niemand ihn kannte, und wo er niemanden kannte. Er hoffte, daß in einer anderen Stadt alles irgendwie leichter und besser sein würde.

In Sarajevo war es aber genauso, wenn nicht noch schwerer. Niemand nahm von ihm Notiz. Man gab ihm kleine, unbedeutende Aufträge. Zu den nächtlichen »Operationen«, die junge Ustascha-Leute auf eigene Faust durchführten, wurde er nicht hinzugezogen; man schloß ihn ganz offen davon aus. Am Abend blieb er oft ganz allein im großen Schlafraum der improvisierten Kaserne. Er kaufte sich dann Schnaps, setzte sich in einer verborgenen Ecke auf eine Bank und trank allein und verbittert und versuchte sich so mit trüben und unbeständigen Vorstellungen seiner eigenen Größe, die der Alkohol nährte, zu trösten. Aber auch so ging es nicht in dieser verdammten Stadt, die wie eine Falle zwischen die hohen Berge gezwängt war.

Eines Nachts, als er so herumsaß, hörte er, wie eine kleine Gruppe von Ustascha-Leuten beriet. Es fielen jüdische Namen, Vornamen und Hausnummern. Er stand auf und verlangte, vom Schnaps gestärkt, entschieden, an diesem Unternehmen beteiligt zu werden. Es entstand Schweigen. Ihm schien, als sei dieses Schweigen verächtlich und als glitten die Blicke gelangweilt und verlegen über ihn hinweg, irgendwohin, wo es schöner und interessanter war. Schließlich gab ihm einer, dem es zu dumm wurde, eine Straße, eine Hausnummer und den Namen eines Juden an. Er wollte fragen, wer dieser Mann sei, in welchen Verhältnissen er lebe, doch die anderen ließen ihn stehen und gingen unter Gelächter und groben

Späßen auseinander. Einer rief ihm im Vorbeigehen scherzhaft zu:

»Beeil dich nur, mein Lieber, und frag nicht soviel. Und schone den Juden nicht, du hast ihn nicht gegen Quittung in Empfang genommen!«

Stjepan Ković ging am Ufer der Miljacka entlang und wiederholte in seinem leicht benebelten Kopf mit dem Klopfen seines Pulsschlags: Muteveliča-Straße Nummer 4, Mento Papo, ehemaliger Besitzer des Buffets »Titanic«. Zu gleicher Zeit malte er sich aus, wie er ganz selbstverständlich, streng und dienstlich das Haus betreten und seinem ersten Juden gegenübertreten würde. Dann wurde er böse auf sich selbst, weil er sich so sehr darauf vorbereitete und sich selbst wie ein Schüler alles vorsagte, als müsse er eine Prüfung ablegen. Er sollte sich lieber den Juden vornehmen und ihn ausfragen. Er würde eintreten, wie es auch andere taten, und erklären, er sei gekommen, um Auskünfte über den Juden und seine Familie einzuholen, und würde andeuten, daß es sich um eine Verhaftung, Internierung oder etwas noch Schlimmeres handle. Papo würde ihm daraufhin Geld oder Schmuck oder beides anbieten, und wenn der Jude ihm nichts anbot, dann würde Stjepan ihn auf eine unzweideutige Weise daran erinnern. Und dann würde er die ganze Familie in Angst und Verwirrung zurücklassen, in Erwartung des Schlimmsten und bereit, durch neue Bestechungen ihren Untergang hinauszuschieben.

Als er zum Elektrizitätswerk kam, sah er im milchigen Licht der großen Fenster, hinter denen die Maschinen brummten, einen Mann mit Fez. Er grüßte ihn mit dem Ustascha-Gruß, worauf der Passant undeutlich und verwirrt etwas erwiderte, und fragte ihn nach dem Buffet »Titanic«. Der Zivilist antwortete schnell und höflich, daß er nicht aus dieser Gegend sei und daß er es nicht wisse. Stjepan fragte ihn nach der Muteveliča-Straße. Auch die kannte der Mann nicht. Stjepan Ković schoß die Hitze des Zorns in den Kopf, er konnte aber nichts tun, weil der Zivilist mit jener entwaffnenden Liebenswürdigkeit sprach, mit der ein Einwohner von Sarajevo jeder Antwort auf eine Frage, die er nicht beantworten wollte, oder die einer ihm stellte, der ihm nicht gefiel, auszuweichen pflegte.

Stjepan fand selbst die Straße und das Haus. Im Eingang zum Hof begegnete er einem kleinen, schlecht angezogenen Mann, der einen Armvoll Holz trug. Er fragte ihn nach dem Buffet, und der kleine Mann ließ vor Angst das Holz fallen und zeigte, offenbar stumm vor Angst, aber glücklich, daß ein anderer gesucht wurde und nicht er, mit der Hand auf eine kleine, geschlossene Tür auf der Straßenseite.

Stjepan Ković klopfte zuerst, besann sich aber gleich wieder darauf, wer er war, und begann mit der Faust gegen die Tür zu schlagen. Er brauchte nicht lange zu warten.

III

Es ist schon berichtet worden, wie Stjepan Ković das »Titanic« betreten und wie Mento Papo ihn dort empfangen hatte.

Der Ustascha-Mann verlangte, alle Räume und alle Mitglieder der Familie zu sehen. Das gab Mento ein bißchen Mut. Er hatte keine Familie. (Er dachte darüber nach, ob er etwas von Agatha sagen solle, erinnerte sich aber daran, daß es besser sei, wenn er ihre Existenz verschwieg.) Die Räume konnte er dem Mann leicht zeigen. Das Buffet war außer Betrieb, dann war da noch ein leeres Zimmer, in dem man einst gespielt hatte (das verschwieg er natürlich), und das Zimmer, in dem er wohnte. Dort blieben sie.

»Ist das alles?« fragte Stjepan Ković drohend, aber auch mit kaum unterdrückter Enttäuschung in der Stimme. Kühn und beinahe freudig bot ihm Mento an, auch andere Wohnungen im oberen Stockwerk, in dem andere Leute wohnten, zu besichtigen, falls er dies wünsche. Zu gleicher Zeit forderte er ihn untertänig und lebhaft auf, sich zu setzen. Der Ustascha-Mann setzte sich nieder und begann ihn auszufragen.

»Name? Vorname? Beruf? – Gut.«

»Jüdischer Konfession?«

»J – ja.«

»Sepharde?«

»Sepharde.«

Das Schlimmste war schon vorbei.

Das Verhör ging weiter. Mento antwortete stehend und verbeugte sich nach jedem Satz irgendwie lustig und nach allen Richtungen, als verbeuge er sich vor der leichten Frage und vor seiner schnellen und klaren Antwort. Er wurde nur leicht verlegen, wenn er den Ustascha-Mann anreden sollte, weil er weder seinen Namen wußte, noch seinen Rang und Titel erraten konnte. »Ja – ja, mein Herr ... Nein, mein Herr ... Herr ...« Zuletzt beschloß er, ihn »Herr Offizier« zu nennen. Danach sprach er noch leichter und unbefangener, diese Anrede als Stütze benützend.

In dem Augenblick, da der Ustascha-Mann nach der Wasserkaraffe auf dem Tisch griff, erkühnte sich Mento, ihm ein Gläschen Likör anzubieten. Er habe den Likör, so sagte er, in seinem Buffet für besondere Gäste, bessere Leute, aufgehoben. Mit einer Kühnheit und einer Schnelligkeit, wie sie nur zu Tode erschrockene Menschen entwickeln, stellte Mento die bauchige Likörflasche und ein kleines Glas auf den Tisch, ohne die Antwort abzuwarten. Der Ustascha-Mann lehnte das Getränk mit einer scharfen Handbewegung ab, aber die Flasche und das Glas blieben auf dem Tisch.

Das Verhör ging weiter.

Hatten in dem Buffet Kommunisten verkehrt? Was für Gespräche hatten sie da geführt? – Mentos Gesicht verzog sich zu einem Lächeln, er wollte schon laut auflachen, beherrschte sich aber und brachte dann schnell und erschrocken das Lächeln auf seinem Gesicht zum Verschwinden. Aber in der Stimme, mit der er antwortete, schwang noch dieses unterdrückte Lachen mit.

»Nein, Herr Offizier, so etwas hat es bei mir nicht gegeben. Bei mir haben nur anständige Leute verkehrt, so richtige Genießer.«

Das Verhör ging weiter. – Welche Verwandten hatte er? Mit wem verkehrte er? Mit wem arbeitete und schmuggelte er?

Mento antwortete noch leichter und gesammelter. Es fiel ihm nicht schwer, auf diese Fragen zu antworten. Er hatte weder familiäre noch geschäftliche Verbindungen, er besaß weder bewegliches noch unbewegliches Gut, er hatte nichts außer dem, was sich in diesem Zimmer befand. Nicht einmal die jüdische Gemeinde zählte ihn zu den Ihren. Er konnte sich auf viele Zeugen berufen, nicht nur auf seine Nachbarn, sondern auch auf seine Gäste.

»Fragen Sie nach Herzika, wen Sie wollen. Wissen Sie, Herr Offizier, so nennt man mich. Jeder wird Ihnen sagen: Er ist ein lustiger Bursche, aber so etwas wie Schmuggeln gibt es bei ihm nicht. Fragen Sie nur ruhig!«

Wieder hätte er beinahe seine Lebensgefährtin erwähnt, erschrak aber, kaum war ihm der Gedanke gekommen, und hielt sich zurück. Aber auch später wäre ihm ihr Name mehrmals beinahe herausgerutscht. Er wußte, daß es für ihn besser war, wenn er seine Beziehung zu dieser christlichen Frau nicht erwähnte. Anderseits erschien es ihm wieder, daß es vielleicht gut wäre, wenn er diesen katholischen Namen – Agatha – gleich einem Amulett zu seinem Schutz vorbrachte. Er hielt sich trotzdem zurück.

Im Laufe des Gesprächs griff Stjepan Ković ganz mechanisch nach dem Likörglas, trank es aus, und Mento schenkte ihm sofort von neuem ein.

Das Verhör zog sich in die Länge, und Mento antwortete immer lebhafter und kühner, und Stjepan Ković stellte seine Fragen immer langsamer und unentschlossener. Es entstanden lange, unangenehme Pausen, in denen man das Ticken des billigen blechernen Weckers hörte. Es war eine unerbittliche mechanische Warnung. Wie ein Schauspieler, der seine Rolle nicht weiß, hüstelte und stotterte Stjepan und griff verlegen nach dem Glas. Und als ihm eine neue Frage einfiel, dehnte er sie und betonte einzelne Worte und Silben, als seien dahinter geschickt gestellte Fallen verborgen. Es schien ihm, als sei es nun mit der Einleitung genug, und als müsse man zur Sache kommen. Er wußte aber nicht, wie er dazu übergehen sollte. Andere Gedanken, die ununterbrochen hervorquollen, hinderten ihn daran. Er zwang sich, Fragen zu stellen, betrachtete gleichzeitig den lebhaft gewordenen Mento und dachte über ihn nach, über sich selbst und über Dinge, die mit dem, was er laut aussprach, gar nichts zu tun hatten.

Stjepan Ković betrachtete *seinen* Juden und war unzufrieden mit sich selbst und mit seinem Juden und mit allem, was ihn umgab. (Das hat man *mir* gelassen! So etwas vergönnt man mir! wiederholte er in Gedanken.) Seine Unzufriedenheit verwandelte sich in Verbitterung, die ihm die Kehle zuschnürte und in seinem Kopf schlug und in ihm das Bedürfnis hervorrief, irgend etwas zu sagen, zu schreien, irgend etwas zu tun.

Offenbar war dieser Jude nicht so, wie er ihn sich vorgestellt hatte, und auch er war kein richtiger Ustascha-Mann. Diese Wohnung war genauso klein, unordentlich, ärmlich und ebenerdig wie seine eigene in Banja Luka. Und dieser Jude war ein Häufchen Elend. Er wand sich in seinem zerschlissenen und fettigen Anzug, blinzelte und zitterte, verhaspelte sich beim Sprechen, und die Angst hatte ihm all sein Blut in die Herzgegend getrieben, sodaß er blaß und ein bißchen grünlich war wie ein Betrunkener. In nichts glich er den Juden, von denen man in der Zeitung schrieb und die man karikierte. Er war nicht der reiche, dicke, jüdische Parasit, der den gutgläubigen und arbeitsamen Menschen arischer Rasse das Blut aussaugte. Er hatte weder einen großen Bauch noch eine goldene Kette darüber, noch eine Kasse, noch eine weißgesichtige dickliche Jüdin, die sich von Gänseschmalz nährte und unter ihrem schweren Schmuck beinahe einknickte, noch auch degenerierte Judenkinder. Keine Spur von jenem reichen, frechen Juden, von dem er träumte, und der ihn schon durch seine Erscheinung dazu provoziert hätte, als ein richtiger Ustascha-Mann aufzutreten, ihn anzuschreien, zu schlagen und auszuplündern. Er versuchte, sich an alles zu erinnern, was er schon in seiner Kindheit über die Juden gehört hatte. Er erinnerte sich, daß ihm seine Mutter erzählt hatte, wie man sie als kleines Mädchen während der Karwoche durch die kalte Morgendämmerung, zwischen den ersten Sonnenstrahlen und den letzten Lichtern der Gaslaternen, in die Kirche geführt hatte, damit sie dort zusammen mit den anderen Kindern »Baraban« auspeitsche, einen verdammten Juden, der, wie man sagte, daran schuld war, daß man Jesus, den Sohn Gottes, ans Kreuz geschlagen hatte. Man teilte unter die Kinder Bündel von Weidenruten aus, und die Kinder schlugen fröhlich und verbissen auf die Kirchenbänke, so stark, daß das halbdunkle Gotteshaus bis zu den unsichtbaren und bis zu den dunklen Tiefen des Altars, vor dem ein kaum sichtbarer Priester unverständliche Gebete murmelte, widerhallte.

Er erinnerte sich – eine seltsame Macht offenbarte ihm längst vergessene weite Horizonte –, wie er als Kind am Vorabend eines Samstags mit seiner Tante, der Schwester seines Vaters, durch den Bazar gegangen war. Es hatte gerade angefangen zu dämmern, aber die Juden schlossen schon die eisernen Läden an den Türen ihrer Geschäfte. Bei einem Geschäft war nur ein Flügel der Tür geschlossen, und darin stand, an diesen Flügel gelehnt, der Besitzer, ein Jude, in städtischem Anzug und mit Fez. Man konnte ihn im Schatten des Raums kaum wahrnehmen, seine Hände waren über dem Bauch gefaltet, und sein Oberkörper schwankte leicht hin und her. Er war ganz ins Gebet vertieft. – Die Tante erklärte ihm damals, daß alle Juden, wenn sie am Vorabend des Samstags ihre Geschäfte schlossen, auf der Schwelle ihres Ladens Gott baten, ihnen in der kommenden Woche die idealen Kunden zu schicken, ungeschickte und unerfahrene Käufer, die man leicht verwirren und hereinlegen konnte.

Das war alles. Stjepan strengte sich vergebens an, sich an irgend etwas Böses zu erinnern, das in ihm Zorn gegen diesen Juden entfachen konnte, das ihn dazu aufstacheln würde, diesen jämmerlichen Menschen zu schlagen und zu quälen, und gleichzeitig sein Vorgehen entschuldigen würde. Er hatte in letzter Zeit Flugblätter gelesen, in denen die Ustascha-Leute den Juden die Schuld für alles Unglück der Menschheit in die Schuhe schoben. Aber das alles war unklar, undeutlich und überzeugend nur, sofern man bereit war, Menschen zu hassen, die Juden waren, um ihnen Böses zuzufügen.

Das gedruckte Wort hatte überhaupt niemals Einfluß auf Stjepan Ković gehabt; er gehörte zu jenen Menschen, die, was sie lasen, weder klar erfassen noch richtig nachfühlen konnten und nur das wußten und erkannten, was greifbar und mit ihren eigenen Bestrebungen verbunden war.

Weder die Erinnerung noch Altweibergeschichten, noch Broschüren, die er gelesen hatte, waren imstande, ihn grausam zu machen und zu seinen Unternehmungen anzufeuern; sie waren nicht imstande, ihn so weit zu bringen, daß er die Niedrigen und Schwachen vernichtete und sich selbst zu den Reichen, Kühnen und Rücksichtslosen aufschwang. Dazu brauchte er einen stärkeren Antrieb.

Schon wieder wurde er auf sich böse, weil er sich so künstlich aufputschen und zum Zorn reizen mußte, um endlich auf diesen Juden loszugehen, und verglich sich zu seinen Ungunsten wieder mit den anderen Ustascha-Leuten. Indem er diesen Zorn auf sich selbst ausnützte, wandte er sich plötzlich wütend an Papo:

»Hör zu! Gib mir sofort Gold und Geld. Reden wir nicht lange herum, sonst – !«

Er hörte seine eigenen Worte, als kämen sie von weit her. Jedes Wort schien ihm überlang gedehnt zu sein, wie das Wort gewöhnlicher Rede und nicht das eines stolzen Befehls, der keinen Widerspruch duldete. Er sprach und dachte zugleich darüber nach, wie ein jüngerer, richtiger Ustascha-Mann das ausgesprochen hätte, und am Ende, bei der Pause, die er nach dem Wort »sonst« machte und in der eine schwere Drohung mit Folterung und Mord enthalten sein mußte, hörte er seine Worte in der leeren Stille widerhallen. Sonst ...! Was »sonst« ...? Nichts. Der ohnmächtige Wunsch, mächtig und schrecklich auszusehen, ließ sich so nicht verwirklichen. So kam man zu nichts, so konnte man nichts genießen, nichts erwerben und nichts behalten. Und zugleich hatte er Angst vor seiner Ungeschicklichkeit und vor seinem Unvermögen sich zurechtzufinden. In ihm war der Wunsch, daß es dies alles nicht gebe und nie gegeben hätte, weder seine Gelüste noch diesen Juden vor ihm, noch ihn selbst, daß er ein anderer Mann wäre, an anderer Stelle, ein Mann, der solche Gelüste, solche Taten und solche Örtlichkeiten nicht einmal kannte.

Jetzt, nachdem er sein Begehren und seine Drohung ausgesprochen hatte, mußte er gegen diesen Mento vorgehen, und zwar kalt, scharf und zielbewußt. Wie konnte er dies aber mit all den widerspruchsvollen Gedanken in seinem Kopf, die ihn zurückhielten und in eine ganz andere Richtung trieben, durchführen? Wegen dieser seiner Ohnmacht hätte er weinen, fliehen und töten können. Und diesen Mento haßte er mehr als alles andere. Er haßte ihn wie seine eigene Ohnmacht.

Während diese wechselvollen Gedanken in ihm wirbelten, sah er den Juden vor sich nicht einmal an. Er konnte ihn nicht richtig sehen. Nach dem unerwarteten, scharfen Begehren des Ustascha-Manns war Mento blaß geworden; er fühlte, wie ihm am Hals und an der Stirn Todesschweiß ausbrach. Also, auch der will etwas! dachte er und fühlte, wie bei diesem Gedanken seine Beine nachgaben. Natürlich war er verrückt gewesen, daß er geglaubt hatte, dieses Verhör sei ernstgemeint, und seine Antworten hätten irgendwelche Bedeutung. Das alles war nur eine Einführung zu: Her mit dem Geld und mit dem Schmuck! Und davor hatte er am meisten Angst. In dieser Situation ohne Geld und Wertgegenstände zu sein, bedeutete, daß man sich der Verhaftung aussetzte, der Folter und all dem, was seine Angst ihm im Schlafen und im Wachen zugeflüstert hatte. Es blieb ihm nichts anderes, als den Mann zu überzeugen und ihm zu beweisen, daß er wirklich nichts besaß. Er nützte das Zögern des Ustascha-Manns und während der Stille, in der dieser seinen Gedanken nachhing und dabei die Lippen bewegte, als kaue er an unaussprechlichen Worten, sammelte sich Mento und begann zu reden. Er sprach wie ein Mann, der sein Leben verteidigt.

Er redete herum, verhaspelte sich in dem Bemühen, Stjepan davon zu überzeugen, daß er kein Geld und keinen Schmuck hatte. Wie schwer war es nur, eine Wahrheit zu beweisen, die so unwahrscheinlich zu sein schien, besonders in solcher Zeit und einem solchen Menschen. Die Tränen schossen ihm in die Augen vor Zorn auf sich selbst, weil er ein solcher Verschwender und Spieler gewesen war und jetzt wirklich kein Geld mehr besaß, was ihm aber dieser Ustascha-Mann nicht glaubte und niemals glauben würde. Es wurde so viel gelogen, besonders wenn es sich um Geld handelte, daß einem nicht einmal die nackte Wahrheit geglaubt wurde. Es wurde so viel gelogen, daß selbst Mento, der kein Geld hatte und auch keins haben konnte, sich abquälen und Todesschweiß schwitzen mußte, um diese Wahrheit überzeugend darzulegen, damit sie auch für den Ustascha-Mann Wahrheit wurde.

Und Mento redete, rechtfertigte sich und schwor bei allem im Himmel und auf Erden, erklärte, versprach, bat und schmeichelte, er reihte Wort an Wort, schob ganze Sätze ohne Sinn ein, strengte sein armes Hirn und seinen trockenen Mund an, weil er wußte, daß alles, solange er sprach und der Ustascha-Mann ihm zuhörte, in Ordnung war, weil er ihn solange nicht foltern würde, und Mento die Hoffnung haben konnte, am Leben zu bleiben. Sprechen hieß die Folter aufschieben, Sprechen hieß Leben.

Er sei, sagte Mento, nicht so wie seine Glaubensgenossen. Er habe niemals Geld aufbewahrt, weder auf der Bank noch in der Lade. Seine Lade sei seine Westentasche, aber auch dort bleibe das Geld nicht einmal über Nacht. Es gehe alles für Essen und Trinken auf, für ihn und seine Kumpane, die meist keine Juden seien und unter denen es viele Katholiken gebe. Und wie viele! Nein, er habe kein Geld, er könne es bei seinem Augenlicht beschwören, bei seinem Leben und bei der ewigen Ruhe seiner seligen Mutter. Da es sich aber um einen Menschen handle, wie der Herr Offizier einer sei, würde er gleich morgen sich bemühen, Geld aufzutreiben, er würde es sich ausleihen und ihm geben. Er würde seine Möbel verkaufen. Er würde arbeiten und sparen und ihn monatlich bezahlen. Er würde sich zu Tode arbeiten und vor Hunger krepieren, aber der Herr Offizier würde nicht ohne seinen Anteil bleiben. Er könne so sicher damit rechnen, als habe er das Geld schon auf der Bank, auf einem Sparbuch.

Und das alles wurde gesagt, und wieder entstand Stille in dem dämmrigen Zimmer; aber es hatte nicht gereicht, um die unendliche Nacht, die sich nackt, kalt und dunkel wie ein schicksalhafter Gang erstreckte, zu bedecken. Alles war gesagt, alles, was sich nur denken und sagen ließ, und doch mußte man weitersprechen, irgendwie und irgendwas. Und Mento sprach. Er log mit der Glut eines Menschen, der dem Leid, der Angst und dem Tod entfliehen will. Er erzählte des langen und breiten von einem Erbschaftsprozeß, der bisher wegen der Korruption der jugoslawischen Behörden steckengeblieben war, jetzt aber, unter den neuen Verhältnissen, den toten Punkt endlich überwinden würde. Schon morgen könne das Urteil gefällt werden; dann würde das Testament des reichen Verwandten für nichtig erklärt werden, und Mento würde unter den glücklichen Erben sein.

Und als auch diese Geschichte zu Ende war, erzählte er andere, die noch verrückter und noch unglaublicher waren. Seine langsame und armselige Phantasie lief und stolperte und vollführte, von der Angst gejagt, elende, lächerliche und unglaubliche Sprünge. Es wurde ihm immer schwerer, Worte zu finden und Sätze zu bilden. Man konnte gut sehen, wie er sie aneinanderklebte, ohne viel Sinn und immer weniger überzeugend. Er fuhr aber trotzdem fort, weil er Angst vor dem Ende seiner Rede und vor dem Schweigen hatte. So ging es bis zur Morgendämmerung.

Während er sprach, machte Mento unzählige kleine Bewegungen, alles an ihm spielte merklich und ununterbrochen: seine Gesichtsmuskeln, die Finger, die Füße, und seine Augen suchten immer den Blick des Ustascha-Manns, um ihn mit einem Lächeln zu beantworten. Stjepan Ković war indessen ganz in sich versunken, scheinbar ganz weit von dem unruhigen Mento entfernt und doch viel näher, als es den Anschein hatte, und als der unglückliche Jude es wünschte. Während Mento sprach, um seine Haut zu retten, und neue Geschichten erfand und weitersprach, kreisten die Gedanken des Stjepan, der ihm gar nicht zuhörte, nur um einen Punkt.

(Auch Stjepan Ković sah in diesem Augenblick armselig und verwirrt aus. Sein Gesicht war krankhaft blaß, es waren drei dunkle Flecken darauf, drei Stückchen Dunkelheit: zwei schwarze Augen, die durch die Brauen verbunden waren, und der unsichtbare Mund, der mit einem kurzen, gestutzten Bart bedeckt war. Gebückt und mit eingesunkenem Brustkorb verschwand er ganz in dem Giftgrün seiner italienischen Felduniform. Die Ärmel waren ihm viel zu lang, die Hosenbeine viel zu breit, und die Schuhe und die ledernen Wickelgamaschen waren neu und schwarz, aber für Soldaten mittlerer Größe gedacht. Doch Mento konte den Mann nicht so sehen, wie er war, er sah in seinen Ängsten nur den *Ustascha-Mann* vor sich.)

Wie wäre es, dachte Stjepan Ković, wenn ich jetzt mit dem Messer auf ihn losgehe, nur so, um zu sehen, was er machen wird und wie er dann aussieht? Ich werde mit dem Messer ausholen, ich könnte ihn damit auch treffen. Warum soll ich ihn nicht treffen? Warum nicht? Ich kann es tun, wenn ich will. Warum soll ich nicht mit dem Messer auf ihn losgehen? Ich muß es aber nicht tun.

Doch der Likör arbeitete in ihm, schnell und giftig. Mentos fieberhaftes Sprechen reizte ihn immer mehr. In ihm kreisten zornige Gedanken.

Ja, ich kann, was ich will! Und dieser Jude hier antwortet nicht auf meine Fragen, trotz seiner untertänigen Haltung und seinen Schmeicheleien, er denkt nicht daran, meinem Befehl nachzukommen, er will sich nur durch seine Geschichten und Versprechungen herauswinden. Er hält mich also für blöd, für einen Schwächling, er hat keine Angst mehr, er glaubt sich nicht mehr in Gefahr. Wieso hat er keine Angst mehr, wann hat er sie verloren? Ich weiß es nicht, aber es ist so. Wie soll ich ihn jetzt schlagen, wo es zu spät ist? Der da hat offenbar keine Angst mehr. Natürlich, vor *mir* hat er keine Angst! Wenn er Angst hätte, würde er keine Sekunde zögern, dann würde er mir nicht so frech und familiär seine Geschichten zum besten geben. Zu Anfang hat er schon Angst gehabt, vor dem Ustascha-Mann, aber später hat er mich durchschaut. Er hat trotz dieser Uniform und dieser Waffen Stjepan Ković gesehen, einen unfähigen, unbedeutenden Schwächling, an dem alle Blicke abgleiten, dem niemand auf seine Fragen antwortet, den niemand ernst nimmt und achtet und vor dem nicht einmal so einer Angst zu haben braucht!

Da spürte Stjepan plötzlich den wohlbekannten, scharfen und widerlichen Geruch zusammengepreßter und abgelegener Wolle, die höllische Hitze des Kissens und den ungeheuren Druck seiner alten Erkenntnis, die ihn zu ersticken drohte.

»Geld!«

In dem halbdunklen Zimmer dröhnte Stjepans Ruf wie der Schrei eines Wilden, wie ein einziges, langgezogenes »Äh«! Zugleich schlug er mit aller Kraft, voll Rachsucht, mit der Faust auf den Tisch. Das Likörglas fiel um, die Flasche begann, auf dem kahlen Tisch zu tanzen, die Glühbirne schwang hin und her, und für Augenblicke erlosch das Licht. An den Wänden und an der Decke schaukelten die langen behenden Schatten ihrer Bewegungen. In Mentos halbblinden Augen waren dies überraschend aufgetretene Wölfe und Drachen. Nach Stjepans Aufschrei war er aufgesprungen, hatte den Stuhl umgeworfen und fand sich, wie von einer Explosion fortgeschleudert, in der Ecke des Zimmers. Beiden schien es eine Zeitlang, als sei das Zimmer noch immer mit betäubendem Rauschen, mit Schatten und Bewegung erfüllt. Obwohl schon alles still war, verharrten beide in derselben Stellung: Stjepan Ković mit der auf dem Tisch geballten Faust, mit vorgebeugtem Kopf und verkrampftem Gesicht, als sei er vor seinem eigenen Ausbruch erschrocken und bemühe sich jetzt, ihn zu begreifen, sich zu sammeln und irgendwie aus der Sache herauszuziehen; und Mento in der Ecke, unglaublich klein geworden und vor Angst verunstaltet.

Die Kraft und die Erfindungsgabe hatten Mento verlassen. Er fand nicht einmal ein Wort. Es blieb ihm nur der Wunsch, der Folter zu entgehen. Aber wie? Er hatte es noch nie so sehr bedauert, daß er nicht mehr Geld verdient und das verdiente Geld nicht besser bewahrt hatte, daß er weder Schmuck noch Gold hatte, mit dessen Hilfe viele Juden sich retteten oder wenigstens ihren Untergang hinausschoben. Noch niemals hatte er diejenigen, die etwas besaßen und es sich besser richten konnten, so sehr gehaßt wie jetzt. Niemals würde er imstande sein, etwas zu geben, was er nicht besaß. Noch einmal hob er die Arme wie zum Gebet, er wußte aber nicht, zu wem er betete, und wofür.

»Ich bitte Sie, ich bitte Sie, Herr Offizier, wie den lieben Gott! Sobald es Morgen wird …«

Stjepan Ković sprang plötzlich aus seiner starren Haltung auf. Dieses Geschwätz von morgen und vom morgigen Tag brachte sein Blut, seinen Zorn und den Alkohol wieder in Bewegung. Es schien ihm, als sehe er erst jetzt, wie dieser hinterlistige und hartnäckige Jude ihm den morgigen Tag als eine Falle anbot, als einen Köder für den Dummen und Schwachen, den er unterschätzte und verachtete. Er sah, wie in derselben Nacht irgendwelche angesehene und stolze Juden von Banja Luka minderjährigen, bartlosen Ustascha-Leuten ihren Familienschmuck aushändigten, herrliche, warmglänzende Dinge aus Gold, Platin und Edelsteinen, die in unerwarteten Farben leuchteten; und all das gaben sie ohne Widerspruch hin, leichten Herzens, als hätten sie diese Dinge erst heute morgen auf der Straße gefunden, und die Grünschnäbel nahmen den Schmuck voll Freude und ganz natürlich in Empfang, als sei er eine Erbschaft von ihren Urgroßvätern. Zu ihm sagte aber dieser Jude, er besitze nichts, er betrog und belog ihn frech, weil er dachte: Der da ist nicht grausam, er ist ein Schwächling, immer und bei allem der Letzte, den kann ich leicht um den Finger wickeln. Der Jude wollte ihn mit dem morgigen Tag foppen, er fühlte aber, daß es für ihn kein Morgen gab, daß er an diese Nacht und an diesen Juden gebunden war und daß er jetzt und hier zeigen mußte, wer und was Stjepan Ković war. Für ihn ging es um viel mehr als um Geld oder Schmuck, und er begann sich langsam und tierisch aufzurichten, er wand sich in eine schiefe Stellung, als schlängle er sich durch einen unsichtbaren Zaun, griff nach hinten und zog die schwere Parabellum-Pistole heraus, als das letzte und entscheidende Argument. Er zielte ungefähr in die Richtung, in der Mento stand, und drückte ab.

Ohne richtig zu sehen, wohin er zielte, drückte er krampfhaft den Abzug der Pistole, die automatisch weiterschoß, und die er ungeschickt und weit von sich hielt; Stjepan überschüttete diese Ecke des Zimmers, in der Mento unnatürlich und phantastisch mit den Armen fuchtelte, hüpfte und tänzelte, als laufe er zwischen den Blitzen hindurch oder überspringe sie.

Das Glas

Wie immer um diese Abendstunde war Bruder Petars Zelle vom Schein der langsam untergehenden Septembersonne erfüllt.

Gelähmt und doch rosigen und fröhlichen Gesichts lag Bruder Petar im Bett, und die Regale über seinem Kopf waren voll von Werkzeugen, wie Uhrmacher und Waffenschmiede sie brauchen. An den Wänden hingen zahlreiche kleine und lustig tickende Uhren.

Wenn unser Gespräch für einen Augenblick stockte, konnten wir hören, wie in der Stille ihre Pendel wie Webschiffchen hin und her gingen, summten, schabten und pfiffen. Eine bunte türkische Uhr hörte man am deutlichsten; es war, als melke jemand ununterbrochen eine Kuh und der Strahl schieße in einen Eimer voll warmen Schaums. Von Zeit zu Zeit schlug eine von ihnen ihre Stunde, die mit unserer Zeitrechnung und Tageseinteilung nichts zu tun hatte.

Bruder Petar unterbrach dann regelmäßig das Gespräch und horchte angestrengt; er sah aufmerksam zu den Uhren auf, als sei ein Fremder ins Zimmer getreten und hätte etwas Neues und Wichtiges gemeldet. Erst als sich auch der letzte Ton unter der niedrigen Decke verflüchtigt hatte, fuhr Bruder Petar fort zu sprechen.

Als die Schläge einer großen bunten Uhr, auf die er gehorcht hatte, als kämen sie von weitem mit einer wichtigen Botschaft, ausgeklungen waren, dachte Bruder Petar lange nach und sagte dann leise, als entschuldige er sich für seine Nachdenklichkeit:

»Siehst du, erst wenn der Mensch hierher verschlagen wird, dann sieht er, was sein Maß ist. Was ist es schon? Eine Uhr schlägt eins, drei oder fünf ... nichts. Es ist aber die ganze Welt dieses Zimmer und die ganze Erde dieses Kissen, und Sonne und Mond, Mensch und Tier wären nichts weiter als Ornamente auf diesem Wandteppich, und die Uhren, die schlagen, wären das ganze Gespräch.«

Er lachte gleich selbst über seinen Ausspruch.

Da die Sonnenstrahlen tiefer in die Regale drangen, zeigte sich plötzlich zwischen den schwarzen und altmodischen Werkzeugen ein rotgoldener Widerschein auf einem Glas, der meinen Blick anzog.

Bruder Petar bewegte sich nicht; er sah noch immer vor sich hin. Er lächelte leicht, als wolle er meinem Gedanken Antwort geben.

»Es ist ein Mostar-Glas und stammt vom seligen Bruder Nikola Granić.«

Er dachte ein bißchen nach und fuhr dann fort:

»Man nannte ihn Mumin, weil es ein solches Temperament nicht einmal unter den Türken gegeben hat, geschweige denn unter Getauften und gar unter Brüdern.

Der selige Bruder Nikola Granić, der schon seit einem Vierteljahrhundert neben anderen Brüdern auf dem Friedhof von Gučegora liegt, war ein Nachkomme der

Granić' aus Dolac. Das war eine Händlerfamilie, man kann aber sagen, daß jeder dritte von ihnen Mönch geworden ist oder wenigstens Laienbruder. Bruder Nikola sandte man nach Bologna, und er verließ Bologna als der beste Seminarist und als Hoffnung der Provinz Bosnien. Diese Hoffnung jedoch hielt, wie so viele bosnische Hoffnungen, nicht, was sie versprach. Nachdem er seine Studien beendet hatte, unterrichtete Bruder Nikola die Novizen. Dieses Amt versah er auch späterhin in Bosnien die längste Zeit. Von ihm heißt es, er sei ein guter Kenner der Sprachen und ein ordentlicher Jugenderzieher gewesen. Er war wirklich ein guter Bruder und ein kämpferischer Geist, aber er war irgendwie ein Eigenbrötler und hatte wie alle Granić' eine türkische Ader. Er war ein guter Lateiner, und Türkisch konnte er wie wenige Brüder vor und nach ihm. Er drückte sich nur von früh an schwerfällig aus und hatte für die Feder nichts übrig. So ist nichts von ihm geblieben. Er war hochgewachsen und sah als junger Mann gut aus. Jedesmal wenn er über den Marktplatz von Travnik gegangen war, hatte sich der Waagenmeister Rustan Aga nach ihm umgedreht und zu seiner Gesellschaft gesagt:

›Ein Prachtstück von einem Pater! Schade, daß er getauft ist, ich würde zwei gute Imams aus ihm machen.‹

Als jungen Mann sandte man Bruder Nikola in die Herzegovina, nach Rama und Mostar. Doch in späteren Jahren blieb er bis zu seinem Tode im Kloster, als Lehrer; er sprach nicht viel und machte sich nicht wichtig, floh Ehren und Titel so, wie andere sich darum balgten. Die Schüler liebten ihn, und er liebte sie und sein

Schweigen. So lebte er jahraus, jahrein, vom Vorfrühling bis zum Spätherbst, ausgenommen die Zeit des gemeinsamen Gebets und die Stunden, die er im Garten verbrachte, meist auf demselben Platz und aus einem kurzen Tschibuk aus Üsküb rauchend. Und im Winter saß er ebenso schweigsam in seiner Zelle am Fenster. Und immer hatte er das große venezianische Glas bei sich, das du dort siehst. Er trank langsam und schenkte nie nach oder zum zweitenmal ein. Gewöhnlich bedeckte er das Glas mit der flachen Hand, damit keine Blüten oder Blätter hineinfielen oder Mücken hineinkrochen.

Was du dort auf dem Regal siehst, ist Bruder Nikolas Glas, eins von der Art, die man Mostar-Gläser nennt. Eigentlich kommt das Glas aus Venedig, nur hier hat man es so genannt, weil in der Vorstellung der Leute von Gučegora auch Mostar schon weite Ferne bedeutet. Dieses Glas, mußt du wissen, ist lange Zeit hindurch nicht nur Gesprächsthema in Klosterzellen und Bauernstuben gewesen, von ihm sprachen selbst die Definitoren bei ihren Treffen, die Guardiane korrespondierten darüber mit den Provinzialen und Bischöfen. Selbst im Bericht eines apostolischen Visitators kam es vor. Doch, sagt man, wurde darin weder sein Besitzer, Bruder Nikola, noch das Kloster erwähnt. Es war nicht wesentlich, daß Bruder Nikola trank oder daß er viel trank, es handelte sich darum, wie er trank. Wie soll ich dir das erklären? Bruder Nikola trank einfach so, als wäre er allein auf der Welt. Wenn er selbst dreimal soviel getrunken hätte, bei Begräbnissen und aus Bauernfässern, und dabei auch einen Zungenschlag bekommen hätte, so hätte niemand etwas dabei gefunden. Aber dieses ungewöhnliche Glas, und das Aufheben, das er damit machte, konnte man ihm lange nicht verzeihen. Die Brüder sind schon so. Wenn Bruder Nikola zu einem anderen Kloster aufbrach, was er ohne Not nie tat, dann schrieben sie einander: ›Bruder Nikola Mumin kommt zu Euch, er führt das Mostar-Glas mit sich; bereitet ihnen beiden einen Empfang.‹

Doch weder Spott noch Vorwürfe konnten Bruder Nikola dazu bringen, seine Lebensart zu ändern, ein Wort über das Nötige hinaus zu sprechen oder seine eigentümlichen Gewohnheiten und sein Mostar-Glas aufzugeben und so zu trinken wie andere Brüder. Ansonsten konnte man ihm nichts vorwerfen.

Das alles ist schon lange her; damals war Bruder Nikola noch ein junger Hilfspriester, sein Glas war noch neu und ungewöhnlich, und ein eifriger Guardian hatte es in seiner Beschwerde poculum scandali genannt.

So streiten die Leute und verfolgen einander um viele Dinge, die sie hernach vergessen und links liegenlassen wie Kinder ihr Spielzeug.

Und einst wollte dieser Bruder Nikola, Gott hab ihn selig, mir an den Kragen und noch mehr. Das war in jenem Jahr, als die bosnischen Seminaristen aus Italien nach Ungarn geschafft wurden. Wir absolvierten das zweite Jahr in Fünfkirchen, aber ohne richtige Aufsicht. Dann beschlossen wir drei Kameraden, den Orden und die Wissenschaft aufzugeben und in die Welt hinauszufliehen, also nach Österreich. Was wir damals eigentlich im Sinn hatten, weiß ich heute nicht mehr, und ich kann es dir nicht erklären, aber wie man so sagt: Wenn dem Esel zu wohl ist, geht er aufs Eis tanzen. Wir waren jung, und der Gehörnte hat seine Hand im Spiel gehabt.

Was soll ich dir weiter erzählen? Ich komme in den Ferien ganz aufgeregt und wirr nach Hause, und in diesem unserem Zwetschkengarten sehe ich Bruder Nikola Granić. Er sitzt mit gekreuzten Beinen und hält seine Hand über dieses Glas, raucht – und schweigt. Und wie ich ihn erblicke, ist es mir wie ein Zeichen. Ich werde Bruder Nikola beichten, sage ich mir. Ich werde ihm meinen Entschluß mitteilen und dann fliehen. Ich trete auf ihn zu und sage ihm alles, was ich und meine zwei Kameraden aus Slawonien beschlossen haben.

Bruder Nikola rührt sich nicht, schweigt nur und schaut mich an. Der Tschibuk geht ihm aus. Dann steht er plötzlich auf und führt mich, in der einen Hand das Glas, die andere in den Ärmel meines Habits geschoben, in sein Zimmer.

Das ist schon lange her, und ich könnte jetzt nicht alles erzählen, was er mir dort über Gott und Seele, den Glauben und das Gelübde, das ich abgelegt hatte, gesagt hat. Ich weiß nur, daß ich am Ende klein beigegeben und mich gebeugt habe wie eine türkische Laterne und daß ich den Gedanken an eine Flucht in die Welt für immer von mir geworfen habe. Es ist schon lange her, aber mir kommt vor, als sehe ich ihn jetzt noch vor mir. Er war zu jener Zeit schon schwerfällig, hatte große, blaue, klare Augen, ein blasses Gesicht und einen dichten schwarzen Schnurrbart. Er sah mir gerade in die Augen, hielt mich an beiden Schultern und schüttelte mich. ›Ach, mein Jusuf!‹

So pflegte er die Schüler zu nennen, die ihre Lektion nicht konnten oder irgend etwas verbrochen hatten.

›Dein Platz ist nicht in der Welt oder in Deutschland, sondern hier, im Kloster, in Bosnien. Was willst du dagegen tun? Es ist ein armes und elendes Land, eng und düster. Hier hat es nicht einmal der Gouverneur so leicht, geschweige denn ein kleiner Mann oder gar ein Mönch. In diesem Land sticht schon ein Glas allen in die Augen und ist so weithin sichtbar wie in einem anderen Land der höchste Turm. Wer hier frei und reich sein möchte, wäre besser gar nicht geboren worden, und ein Mönch wäre er ganz gewiß nicht geworden. Hier muß man jedes Gran Freude mit seiner Seele bezahlen. Und nun geh und frag, warum es so ist. Oder noch besser: Geh nicht und frag nicht, sondern bleib, wo du bist und was du bist. Denn es ist vergeblich, von anderen eine Erklärung dafür zu erwarten, was dir weh tut. Es ist viel klüger, an Ort und Stelle zu bleiben und sich selbst mit seinem Schmerz auseinanderzusetzen. Wenn du glaubst, daß man auf solche Leute, wie wir sind, in der Welt wartet, weil man ohne uns nicht mit dem großen Fest beginnen will ... ach, mein Jusuf! Das ist nichts für uns Patres und Bosniaken. Ja, hier erwarten dich nur der bosnische Acker und die Mönchsqual, armseliges Essen und dein schwerer Dienst. Dort draußen mag ja alles leicht und schön sein, aber was nützt dir das, wenn es dir nicht bestimmt ist? Du wirst dein ganzes Leben bleiben, was du bist. Wenn einer auch noch nie etwas von dir gehört und dich noch nie gesehen hat, so wird er doch sofort fragen: Woher kommt denn dieser Mönch? Zurück mit ihm nach Gučegora oder woher immer er geflohen ist, und bindet ihn fest an die Kette, damit er sich nicht mehr losreißt. Und wenn du selbst reich und mächtig und furchterregend wärest, und niemand sich trauen würde, dir ein Wort zu sagen, dann würdest du es in ihren Augen lesen. Es ist dasselbe. Bleib lieber da auf deinem Platz und in deinem heiligen Orden. Wenn du schon sündigen mußt, dann sündige hier. Glaub mir, du wirst das nicht bereuen. Man muß sich überwinden! Bedeutet es dir so wenig, ein Soldat Gottes zu sein?‹

Bei diesen Worten, die Bruder Nikola wie einen Befehl geschrien hatte, hob der junge Mann die Augen und sah vor sich einen ganz veränderten, ihm bisher unbekannten Mumin. Unter dem groben, faltigen Stoff seines Habits und in seinem dicken, schweren Leib hätte man niemals ein so bewegliches und mächtiges Knochengerüst, einen so weiten und starken Brustkorb und ein so kerzengerades Rückgrat vermutet. Er blieb noch einen Augenblick vor dem verwirrten Schüler stehen, mit hochgezogenen Augenbrauen, seinem starken, glänzenden Schnurrbart, seinem sicheren Blick, steif und vorgereckt wie vor angetretenen Soldaten. Dann sank er in sich zusammen und wurde wieder der alte, dicke, schwerfällige Mumin, als den man ihn von jeher gekannt hatte.

Ich habe ihn nie mehr so gesehen. Aber ich glaube heute noch, daß mich dieser Augenblick mehr überzeugt und in meinem Glauben bestärkt hat als all seine Worte, Bitten und Mahnungen. Wie ich so erschüttert und demütig vor ihm stand, klopfte er mir noch auf die Schulter.

›Nun geh, Jusuf. Bete zu Gott und komm zur Vernunft. Geh.‹

Und so blieb ich. Was wäre aus mir geworden, wenn es den seligen Mann nicht gegeben hätte? Ich weiß es nicht. Das weiß nur Gott. Aber jedesmal, wenn ich mich an ihn erinnere, bete ich für seine Seele. Ich kann dir nur noch sagen, daß ich damals erkannt habe, welch nützliche und gute Worte schweigsame Menschen finden können.

So vergingen einige Jahre. Ich kam zum Vikar nach Gučegora. Bruder Nikola war noch immer der gleiche geblieben, aber im Frühjahr des nächsten Jahres wurde er schwer krank, und wir konnten ihn nur mit Mühe dazu überreden, zum jüdischen Arzt in Travnik zu gehen. Der schickte ihn in ein Bad, aber das Wasser bekam ihm nicht. Als er zurückkam, ging es ihm noch schlechter als bei seiner Abreise. Er aß nichts, er trank nicht einmal mehr sein Glas Wein täglich, er saß nicht mehr im Garten im Gras, sondern in unserer alten Laube, die einst dort unten am Bach stand, und die von den Brüdern Scheune genannt wurde. Er saß in der Ecke neben dem Pfosten, an den Zaun gelehnt, rauchte und sah in das Wasser, das unter ihm floß. Wir bemerkten wohl, daß es nicht gut um ihn stand, aber niemand wagte davon zu sprechen, und er sagte auch nichts darüber.

Ich kann mich noch gut erinnern: In diesem Jahr kam der Winter sehr früh. Schon im Oktober, einen ganzen Monat vor dem Sankt-Katharinen-Tag, schneite es. An diesem Tag verließ Bruder Nikola die Scheune und das Wasser und schloß sich in sein Zimmer ein. So betrat er das Kloster und kam nicht mehr heraus. Man sagte: Der arme Mumin ist ganz am Ende, und ich besuchte ihn. Ich fand ihn in seinem Habit liegen, er trank Tee, und man schob ihm heiße Ziegel unter. Er schwieg. Da er aber nie gesprochen hatte, konnte man nicht erraten, was ihm eigentlich fehlte. Er war ganz gelb im Gesicht, und seine Augen waren geschwollen. Er schnaufte nur. Ich sah, daß er starke Schmerzen hatte, aber Mumin sagte nichts davon. Ich scherzte ein bißchen und fragte ihn auf türkisch, wie es ihm gehe und so. An seinem Schnurrbart glaubte ich zu sehen, daß er lächelte, und seine Stirn furchte sich, aber er sagte nichts. Er winkte nur mit der Hand, als deute er Pferdetrab an. Ich versuchte noch ein bißchen, ihn zum Sprechen zu bringen, dann stand ich auf. Bruder Nikola begann sich nun zu bewegen, er wand sich und suchte irgend etwas hinter seinem Kopf, bis er das venezianische Glas hervorholte. Draußen schien die Sonne, und der Schnee, der vor der Zeit gefallen war, schmolz, und es war wie im Frühling. In die Zelle drang Sonnenschein. Mumin schnitt eine Grimasse und sprach durch die Zähne:

›Da hast du, Waffenmeister, das ist für dich. Ich weiß, du trinkst nicht. Aber du hast in deinen Regalen allerlei altes Zeug stehen. So kann auch das Glas dort stehen, es wird dir keinen Platz wegnehmen.‹

Das Glas glänzte und schimmerte im Sonnenschein. Mir tat es leid. Ich wollte irgend etwas Scherzhaftes sagen, aber es ging nicht; und ich wollte nicht, daß er sah, wie schwer's mir ums Herz war. So sagte ich: Gut, es solle bei mir stehen, dort stehe es sicher, und wenn er es brauche, würde ich es ihm zurückgeben. Und ich bedankte mich; er aber sagte nur kurz:

›Leb wohl, Waffenmeister.‹

Und er drehte sich unter Qualen zur Wand.

Er starb, mit den Sakramenten versehen, einige Tage später, an einem Samstag, am Vorabend vor Allerheiligen. Wir beerdigten ihn am nächsten Tag, einem Sonntag, und viele Leute gaben ihm das Geleit. Von meinem Fenster aus kann man sein Grab noch sehen. Wir älteren Brüder sprechen noch oft von ihm.«

Bruder Petar war mit seiner Erzählung fertig. Man hörte das Ticken und all die Nebengeräusche seiner Uhren. Die Zelle war von Sonnenlicht erfüllt. Bruder Petar bat mich, ihm das Mostar-Glas vom Regal zu holen. Es war ein echter venezianischer Pokal mit Einbuchtungen in der Mitte und mit geschliffenen Rändern und in jeder Vertiefung ein rotes Siegel, wie ein Auge. Das Glas war voll Staub mit einigen gebrochenen Federn darin und Häkchen mit gelben Köpfen.

»Wenn Mumin das nur sehen würde!« sagte Bruder Petar lächelnd.

Er leerte das Glas aus und wischte es sorgfältig rein. Der rotgoldene Widerschein fiel auf seine Hände. Er sagte leise:

»Weißt du, ich habe es Bruder Stanko vermacht. Er ist jetzt Kaplan in Ovčarevo. Er ist noch jung, aber er ist vom Schlag der alten Brüder. Er wird darauf achtgeben.«

Mustafa Magyar

Mit der Morgendämmerung kamen die Trommler aus allen Stadtteilen, und die Reiter, die zum Empfang ausziehen sollten, begannen sich zu versammeln.

Es war schon der vierte Tag von Dobojs Fröhlichkeit und der Feier des Sieges über die Österreicher bei Banja Luka. Ganz Bosnien triumphierte, besonders aber Doboj, weil ein Sohn dieser Stadt, Mustafa Magyar, sich in der Schlacht bei Banja Luka als der größte Held hervorgetan hatte. Es kamen unglaubliche Nachrichten vom Sterben der Deutschen, vom Gemetzel unter den Ungläubigen und von Mustafa Magyars Heldentum. Heute wurde er erwartet.

Die Staubwolken auf der Straße täuschten die Wartenden immer wieder. Erst um die Zeit des Nachmittagsgebets kamen die ersten Reiter von Banja Luka her, und gerade zur Zeit des Abendgebets erschien Mustafa Magyar mit Trompeten und Fahnen. Er war gebeugt und erschien allen irgendwie klein, weil er in ihren Erzählungen unwillkürlich größer geworden war. Wie er so gebückt im Sattel saß, dunkel und ganz vermummt, glich er eher einem gottesfürchtigen und gelehrten Reisenden als dem Mustafa Magyar, von dem so viele Geschichten und Lieder im Umlauf waren.

Eilig und ohne sich umzudrehen ritt er durch das Gewoge und Geschrei der Menge. Er sah sich nicht um und sprach zu niemandem, als er die Treppe seines Hauses hinaufstieg; die Menge blieb im Hof und sah zu, wie die Beute abgeladen wurde.

Es war das dritte Mal, daß Mustafa in sein über dem Wasser erbautes Haus zurückkehrte.

Außer ein paar mageren Knechten war das alles, was ihm nach der Teilung mit seinem Bruder vom Erbe seines Vaters, eines Verschwenders und Trinkers, geblieben war. Dabei hatte sein Großvater, Awdaga Magyar, ein berühmter muselmanischer Konvertit aus einer alten und angesehenen ungarischen Familie, ein großes Vermögen erworben und hinterlassen.

Als er fünfzehn Jahre alt war, starb sein Vater, und sein Bruder heiratete. Ihn schickte man nach Sarajevo, wo er die höhere Schule besuchen sollte. Dort verbrachte er vier schwere Hungerjahre. In seinem zwanzigsten Lebensjahr kehrte er mit einer Kiste voller Bücher und der armseligen Habe eines Schülers mit einer großen Flöte aus schwarzem Holz, deren Löcher mit Silber beschlagen waren, nach Doboj zurück, wo er sich nicht bei seinem Bruder, sondern in diesem Pfahlbau über dem Wasser niederließ.

Er war ganz verändert: Er hatte einen Flaum über den wulstigen Lippen, war gebückt und düster; er lächelte nicht, sprach mit niemandem und hatte keinen Umgang. Tagsüber las er Bücher beim Hodscha der Stadt, Ismet Aga, und nachts spielte er lange auf seiner Flöte, und ihr Spiel erfüllte den ganzen Uferstreifen um seinen Pfahlbau. Und als er zur ersten Armee konskribiert wurde, bewaffnete er sich, versperrte seinen Pfahlbau und zog unter der Fahne des Delalitsch nach Rußland. Lange hörte man nichts von ihm. Nach einigen Jahren kam die Kunde, er sei gefallen, und da er ungesellig und noch jung gewesen war, wurde er bald vergessen. Als Delalitsch zurückkehrte, erzählte man, daß Mustafa am Leben sei (»und wie am Leben!«), daß er sich unter allen Bosniaken am rühmlichsten hervorgetan und große Ehren eingeheimst habe. Im sechsten Jahr kehrte er plötzlich selbst nach Doboj zurück. Kaum jemand erkannte ihn. Er war gekleidet wie ein echter Türke, reich und prächtig. Er trug einen großen Bart, war blaß und mager. Er schloß seinen Pfahlbau auf, und spät nachts holte er seine Flöte, die in Wachstuch eingeschlagen gewesen war, und blies vorsichtig einen tiefen Ton.

Sein Spiel unterbrach störend die Stille.

Man merkte, daß er weder den richtigen Atem noch in den Fingern die einstige Gelenkigkeit hatte, noch daß er sich an die alten Melodien erinnern konnte. Er wickelte die Flöte wieder ein und ergab sich quälender Schlaflosigkeit, die ihn seit der letzten Schlacht nicht mehr verlassen hatte.

Diese Qual wiederholte sich jede Nacht. Plötzlich vergaß er alles, was gewesen war, selbst seinen Namen, und wenn so im ersten Halbschlaf jede Erinnerung und jeder Gedanke an den kommenden Tag erloschen und der zusammengekauerte Körper von der Dunkelheit wie von einem stummen Mühlstein erdrückt wurde, begann ihm in den Beinen Kälte aufzusteigen und unter seinem

Herzen zu einem Klumpen der Angst zu erstarren, und von dort verbreitete sich die Furcht wie kalter Strom durch den ganzen Körper. Von Zeit zu Zeit mußte er sich erheben, wenn auch mit größter Mühe, Licht anzünden und das Fenster öffnen, um sich zu überzeugen, daß er am Leben war und daß ihn die dunklen Mächte nicht zerrissen hatten. So ging es bis zum Morgengrauen. Dann wurde sein Körper bleiern schwer, und irgendwoher überkam ihn der Schlaf. Es war ein kurzer, gnädiger Schlaf, der ihm lieber war als alles auf der Welt. Am nächsten Abend war es genauso wie am vorangegangenen: Alles wiederholte sich, er dachte aber nicht daran, jemandem davon zu erzählen. Die Hodschas verachtete er, und den Ärzten glaubte er nicht.

Als er nach dieser Nacht zum erstenmal in die Stadt ging, rückten alle Leute im Kaffeehaus zusammen und machten ihm Platz, er aber konnte sich weder zu einem Lächeln überwinden, noch verstand er es, ihnen von Istanbul und von den Schlachten zu erzählen und so ihre Neugierde zu befriedigen. Wieder begann man ihn zu unterschätzen und zu vergessen. Aber bald brachen in Slawonien Kämpfe aus, und er zog mit der ersten Einheit aus, im Morgengrauen, unbemerkt, wie er gekommen war.

Wieder kam Kunde von seinen Heldentaten in Ungarn und in Slawonien und von der schrecklichen Schlacht an der Mündung der Orljava. Und als die Österreicher Banja Luka umzingelt und die Ungläubigen die Türken in die Festung zurückgetrieben und die Stadt ausgeplündert hatten, zogen alle bosnischen Armeen zum Vrbas-Fluß hinunter. Sie fanden jedoch die Österreicher in der Übermacht und wagten sie nicht anzugreifen, bis Mustafa Magyar einen Plan entwickelte: Man sollte ein Stück flußaufwärts Flöße bauen und sie nachts den Fluß hinuntertreiben lassen, und im Morgengrauen sollte die bosnische Armee auf den Flößen über den Fluß setzen und die Österreicher überraschend angreifen.

Während in dieser Nacht die Flöße gebaut wurden, lag Mustafa Magyar unter den Weiden an der Zrkvina, um sich vom langen Marsch ein wenig auszuruhen. In letzter Zeit überfielen ihn allerlei Träume, verkürzten seinen ohnehin kurzen Schlaf und plagten ihn noch mehr. Kaum war er eingeschlafen, als ihm im Traum irgendwelche Kinder von der Krim erschienen. Es war schon lange her, und er dachte nie daran.

Er verfolgte damals mit einer Kavallerieeinheit den Feind und übernachtete in einem verlassenen Sommerschlößchen auf der Krim. Als sie sich schlafen legen wollten, entdeckten sie hinter den Schränken vier Kinder. Es waren Knaben mit kurzen blonden Haaren, weißhäutig und herrschaftlich gekleidet. Sie waren dort ihrer fünfzehn Reiter, meist Anatolier. Sie rissen die Kinder an sich: so gingen die Knaben, halbtot vor Angst und Schmerzen, von Hand zu Hand. Als der Tag anbrach, waren die Kinder verschwollen und blau angelaufen und konnten nicht einmal mehr stehen. Da stieß eine stärkere russische Einheit gegen sie vor, und sie flohen, ohne die Kinder vorher abzuschlachten. Jetzt, im Traum, sah er wieder die vier Knaben. Er hörte die Russen kommen.

Er wollte in den Sattel springen, aber der Steigbügel verdrehte sich, er rutschte immer wieder ab, und das Pferd bockte.

Er erwachte in Schweiß. Er hatte sich ganz in seinen Mantel verwickelt, während er sich befreien und entkommen wollte. Es war kalt, und vor der Morgendämmerung wurde es noch dunkler. Er schnallte um und brachte seine Kleider in Ordnung, und währenddessen spuckte er vor Zorn und Abscheu aus; die hinterlistige und gemeine Art, in der diese Träume ihn quälten, machte ihn rasend.

Die Türken standen bei Tagesanbruch am Ufer bereit, aber die Flöße kamen nur langsam an und ließen sich schwer in eine Reihe bringen. Vom Lärm und von dem Geschrei erwachten auch die Österreicher am anderen Ufer. Es war keine Zeit mehr zu verlieren. Mustafa gab den Flößern ein Zeichen, die Stricke noch fester zu spannen und sich zu entfernen. Dann riß er die Scheide von seinem Säbel und schrie aus Leibeskräften:

»Allah sei mit uns! Wer glaubt an Mohammed? Tod den Ungläubigen!«

»Allah! Allah!« schrie die ganze Armee.

Alle stürzten ihm nach auf die Flöße. Doch sahen sie gleich, daß die Flöße weiter voneinander entfernt waren, als sie geglaubt hatten; so fielen viele ins Wasser. Nur wenige sprangen weiter über die Flöße, die meisten hielten inne. Mustafa war weit voraus. Er sprang von Floß zu Floß, als habe er Flügel, und es schien, als fliege er über dem Wasser dahin. Während die ersten Reihen noch auf den Flößen zögerten, war er schon am anderen

Ufer, und ohne sich umzudrehen hieb er auf die überraschten Wachen ein. Als die türkischen Soldaten sahen, daß ihr Führer allein vorgedrungen war, begannen sie ihm über die Flöße nachzuspringen, und die hinteren Reihen stießen die vorderen immer weiter vor, sodaß sie beinahe alle ins Wasser fielen. So kamen die ersten Reihen mit Getrampel und Geschrei am anderen Ufer an, obwohl viele von ihnen ins Wasser gefallen waren und unter den schwankenden Flößen um Hilfe schrieen.

Seit langem hatte es keinen rascheren Sieg gegeben. Die Soldaten des riesigen österreichischen Heerlagers, das zu einem unerwarteten Zeitpunkt und von einer unerwarteten Seite angegriffen worden war, stoben im Nu auseinander. Sie liefen rudelweise und wie von Sinnen davon. Mustafa konnte gerade noch die letzten erreichen, mischte sich unter sie, schoß wie ein Pfeil hin und her, und sein wirbelnder Säbel beschrieb helle Kreise in der Luft und erzeugte einen kalten Windstoß, und die türkischen Soldaten fielen, Allah anrufend, über die Fliehenden her.

Aus der Festung von Banja Luka brachen nun die eingeschlossenen Türken hervor, und es entstand ein allgemeines Schlachten unter den Ungläubigen und Plünderern.

Am Abend nach dem Sieg lag er vor dem Zelt und preßte seine Handflächen und seine Brust gegen das Gras, denn ihm schien, als wachse jeder seiner Muskeln und breite sich ins Unendliche aus, als wolle er ihn verlassen.

Man konnte Feuerschein sehen, das Geschrei der Plünderer und das Jammern der Verfolgten hören.

»Die Welt ist voll Unflat.«

Das hatte er auch heute in der Morgendämmerung gedacht, am Ufer des Vrbas, als er zwischen zwei Armeen stand (die eine floh und die andere stand voll Angst auf den Flößen). Auch jetzt fühlte er im Mund eine Bitterkeit, von der er sich befreien wollte, indem er laut sagte:

»Die Welt ist voll Unflat!«

Das Blut in ihm rauschte und schien überzuquellen. Alle Adern schlugen. Er fand keinen Schlaf.

Von dieser Nacht an verließ ihn der Schlaf ganz und gar; auch jene ein, zwei Stunden Schlaf vor dem Morgen wurden durch immer neue Traumgebilde zerstört. In jeder Nacht erschienen ihm ganz vergessene, irr durcheinandergemischte Ausschnitte aus seinem früheren Leben. Das Schlimmste an diesen Träumen war, daß sie deutlich und scharf jedes einzelne Gesicht und jede einzelne Bewegung wiedergaben, als lebe jedes Detail für sich und als habe es eine besondere Bedeutung. Er begann sich vor jeder kommenden Nacht zu fürchten. Er gestand sich diese Angst nicht ein, sie wuchs aber immer mehr an, quälte ihn tagsüber und zerstörte in ihm jeden Gedanken an Schlaf; sie lebte mit ihm, sie drang ihm ins Fleisch und ins Blut, feiner und unauffälliger als ein seidener Faden schnitt sie immer tiefer in ihn ein.

An diesem Abend war er zum drittenmal in seinem Pfahlbau. Nachdem er voll Abscheu durch die Straßen von Doboj und durch die tanzende Menge, die ihm zugejubelt hatte, geschritten war, und nachdem er sich von seinen Begleitern verabschiedet hatte, ging er auch an diesem Abend unruhig durch sein Haus, dessen Fußboden quietschte und knackte. Man hörte noch immer die letzten Unentwegten ihn und seinen Sieg feiern, und er ging noch immer umher und wagte nicht, sich niederzulassen. Er betrachtete das Wachstuch, in dem seine alte Flöte verpackt war, und die grüne Kiste mit den Büchern, rührte aber nichts an.

Die Berge verschwanden schon im Dunkeln, und die Stadt verstummte, und aus den Ruinen am Berg meldete sich das Käuzchen.

Er lehnte sich ans Fenster. Von der Schlaflosigkeit und von der ermüdenden Reise war ihm heiß, und der gleichmäßige Schlag seines Herzens schien ihn einschläfern zu wollen. Doch jetzt kamen die Träume schon, ehe er eingeschlafen war. Hatte er überhaupt die Augen geschlossen? Er sah ein Nebenzimmer, das voll Schmutz und Spinnweben war. In einer Ecke saß auf der Kiste sein Großvater Awdaga Magyar. Er war rot im Gesicht, er hatte einen kurzen Bart und einen scharfen Schnurrbart. Er saß stumm und unbeweglich, aber seine bloße Anwesenheit hatte eine besondere Bedeutung. Sie bedrückte Mustafa unerträglich und drohte, ihn grausam zu ersticken. Er zuckte zusammen. Er fürchtete sich zu Tode vor der Dunkelheit im Zimmer, er machte aber kein Licht, sondern fuhr fort, umherzugehen, obwohl ihm Schauer über den Rücken liefen, als schreite er in einem Panzer, und obwohl er seine Füße nicht mehr spürte.

Er wagte nicht stehenzubleiben. Er mußte sich bewegen, weil er immerzu Angst vor der Schlaflosigkeit hatte und vor seinen Träumen. Während er so umherging, erinnerte er sich an Sarajevo, an seinen lustigen Kameraden Jusufagić, an den grünen Hügel, auf dem der Friedhof lag, und an das weiche Gras, in dem er als Schüler so manchen Nachmittag verschlafen hatte, seine Hand als Kissen benutzend. – Er hielt es nicht mehr aus, sondern sattelte sein Pferd und verließ Doboj, lautlos, im Dunkeln, wie ein Verbrecher.

Am nächsten Tag erfuhr das Städtchen zu seiner großen Verwunderung, daß Mustafa sein Haus verlassen habe und daß er draußen auf der Landstraße Fuhrwerker überfallen und verwundet und ihre Pferde auseinandergejagt habe.

Er ritt auf Umwegen, aber auch mitten durch die Dörfer und schlug und vertrieb die Christen mit solcher Wut, daß nicht einmal die Türken ihm begegnen mochten.

Als er nach Sutjeska kam, fand er das Kloster verschlossen, wie ausgestorben. Schon einen Tag zuvor hatten irgendwelche Leute dem Pater Guardian erzählt, Mustafa Magyar komme von Doboj her geritten, er sei außer sich wie ein wildes Tier und schlage jeden, dem er begegne.

Mustafa schlug mit dem Griff seiner Streitaxt gegen das Tor. Nichts rührte sich. Er trat etwas zurück und sah sich das Kloster an. Ein riesiges Dach, kleine Fenster und feste Mauern. Für kurze Zeit überkam ihn der Wunsch, es anzuzünden, aber der Gedanke, daß er für das Feuer erst Stroh zusammensuchen müsse, erfüllte ihn mit Langweile und Ekel. Am Ende kam ihm all das komisch vor, dieses riesige Gebäude, das lautlos vor ihm stand, und darin die Patres, klein und grau wie Mäuse.

»Wie schnell sie sich nur eingeschlossen haben!« Und er lachte.

Und lachend ging er fort. Als er am Friedhof vorbeiritt, scheute sein Pferd vor einem weißen Kreuz, das über die Mauer emporragte. Er zog die Zügel straff und hielt das Pferd an. Während er sein Pferd beruhigte und auf die Patres und die Kreuze fluchte, erschienen an der Wegbiegung zwei Mönche. Der eine von ihnen trug einen Packen Bücher, und der andere einen Korb mit Speisen. Da sie nicht mehr zurückkonnten, wichen sie in den Graben neben der Straße aus und begrüßten den Türken. Er hielt neben ihnen.

»Seid ihr auch Pfaffen?«

»Ja, Beg, Effendi, zum Wohle des Sultans.«

»Und wer hat euch erlaubt, diese Hörner neben die Straße zu pflanzen, damit mein Pferd scheut? Ihr Schweine!«

»Wir können nichts dafür, Beg.«

»Wieso nichts dafür? Wer hat euch das erlaubt?«

»Der Wesir und der erhabene Sultan«, sagte der ältere Pater, ein großer, offenherziger Mensch mit schönem Schnurrbart und klugen Augen.

Mustafa ließ die rechte Hand sinken, als habe er sich plötzlich beruhigt und sei nicht mehr böse. Er sah sie nur starr mit seinen glänzenden Augen an, während sie zitternd die Blicke senkten.

»Ach so, ihr habt, scheint's, die Erlaubnis.«

»Ja, Beg Effendi, natürlich haben wir sie.«

»Auch vom Sultan?«

»Ja, gewiß! Und vom Wesir und auch vom Richter in Sarajevo.«

»Dann packt alle drei schön zusammen und werft sie weg. Hörst du? Und wenn dich jemand fragt, was du da tust, dann sag ihm, Mustafa Magyar, der sich wie ein Felsblock losgerissen hat, sodaß er weder Schlaf noch Brot noch Gesetze braucht, hat dir das befohlen!«

Mustafas irrer und starrer Blick ließ die zwei Mönche Böses ahnen, und sie neigten sich noch tiefer. Er löste den Riemen vom Sattel und befahl dem jüngeren Mönch, den älteren damit zu binden. Der Ältere legte selbst die Hände auf den Rücken, und der Jüngere band ihn langsam, da seine Hände sichtbar zitterten.

»Hast du ihn gut gebunden?«

»Ja, Beg.«

Mustafa bückte sich und betastete den Riemen, und als er sah, daß der Riemen nicht festsaß, holte er schweigend mit der Streitaxt aus. Der Pater wich mit dem Kopf aus, und die Schneide drang mit solcher Kraft in seine Schulter, daß er lautlos niederstürzte. Doch der Türke schlug ihn so lange mit dem Griff, bis er sich erhob und vor ihm herging, zusammen mit seinem gebundenen Kameraden. Das Blut, das an ihm herunterrann, ließ auf dem Weg eine Spur zurück.

Mustafa entschloß sich plötzlich, die beiden nach Sarajevo zu treiben und sie dort seinem alten Kameraden Jusufagić zu übergeben, einem reichen Mann und berühmten Scherzbold. Als aber die Straße anfing, bergauf zu gehen und die Sonne sank, war der verwundete

Mönch so erschöpft, daß er jeden Augenblick niederstürzte und in Ohnmacht fiel.

Vergeblich schlug ihm Mustafa mit dem Griff seiner Streitaxt gegen die Rippen, die einen Widerhall gaben wie ein Faß. Sie gingen in eine verlassene Scheune neben der Straße. Die Patres fielen gleich auf die Erde, einer neben den anderen, und Mustafa band sein Pferd an, breitete seinen Umhang aus und legte sich darauf nieder. Sogleich überfiel ihn der Schlaf, wie es ihm seit langem nicht geschehen war.

Es gibt kein größeres Vergnügen, als bald tief einzuschlafen.

Aber der Gedanke daran erlosch und wurde verweht von dem Nebel und dem Rauschen der Wellen. Es rauschte der Vrbas-Fluß und darauf reihten sich die Flöße, aber sie waren nicht so schwer und so weit voneinander entfernt und so blutig wie in der Schlacht, sondern schaukelten leicht und schwammen. Bis irgend etwas das Rauschen der Wellen unterbrach und die Flöße beiseite schob. Er fand sich auf dem harten Boden und hörte gleichmäßiges Röcheln. Er zuckte zusammen und öffnete plötzlich die Augen, die ihm weit aufgerissen und kalt zu sein schienen und so schlaflos, als hätte er gar nicht geschlafen. Er horchte. Das Flüstern kam aus der Ecke, in der die Patres lagen.

Der verwundete Pater, er war noch Laienbruder, beichtete in der Erwartung des Todes dem Älteren. Und obwohl er schon die Absolution bekommen hatte, hörte er nicht auf, in seiner Fieberphantasie, Worte der Reue in sein Gebet zu mischen:

»Ich liebe Dich, Herr, denn Du bist das höchste Gut ...«

»Was flüstert ihr Hunde dort?«

Mustafa griff nach dem kurzen Gewehr und schoß in die dunkle Ecke, in der die Patres lagen. Ein Jammern erhob sich, das in ein Stöhnen überging. Er sprang auf, warf seinen Umhang über die Schultern und führte sein Pferd hinaus. Dabei vergaß er Jusufagić und seinen Plan, sich mit den Patres einen Spaß zu machen, vollkommen. Er sprang in den Sattel, als wolle er vor ihnen fliehen.

Er ritt durch den Wald, und die nächtliche Kühle beruhigte ihn; das Pferd scheute vor ausgerissenen Wurzeln und spitzte die Ohren, wenn in der Ferne Stimmen zu hören waren. So ging es, bis die Nacht zu Ende war und der Himmel sich am Horizont erhellte. Er legte sich unter eine Buche und deckte sich mit seinem Umhang zu. Die Kälte durchdrang ihn, und die Stille schläferte ihn ein. Sofort kam ihm ein Traum.

Er fand sich in der Schlacht an der Orljava. Er war festgeklemmt zwischen zwei dunkle Felsen, an denen Wasser herunterfloß und die von Moos bedeckt waren, er lehnte sich mit dem Rücken gegen sie, während von vorne die zwei Brüder Latković, zwei stämmige und wilde Hajduken, auf ihn losgingen. Er verteidigte sich gut, aber sein Blick richtete sich immer wieder in die Höhe, über ihre Köpfe, und er sah am Grund des Horizonts, dort, wo die sandige Ebene sich mit dem Himmel vereinigte, eine Frau in Trauer auftauchen, die Hände auf der Brust gekreuzt und mit einer Grimasse. Er wußte nicht, warum sie ihre Hände an die Brust preßte, und warum ihr Gesicht so von Schmerz verzerrt war. Obwohl er immerzu daran dachte und die Frau ansah und sich an sie erinnerte, wie er sie im Haus des Geldwechslers in Erzerum allein angetroffen, und wie sie sich verzweifelt gewehrt hatte, verteidigte er sich mit aller Kraft gegen die zwei Hajduken. Er wies die Erinnerung an die Frau von sich und wehrte die zwei Hajdukensäbel ab, und Zorn überkam ihn.

»Auch sie habt ihr hergebracht!« schrie er. »Seid ihr allein nicht stark genug, ihr Hunde? Habt ihr noch welche bei euch?«

Blitzschnell schlug er zurück, aber die zwei Hajduken bedrängten ihn immer wieder und näherten ihre Säbelspitzen seinen Augen, und er preßte sich immer enger an die Felsen, und Feuchtigkeit und Schauer durchdrangen ihn.

Er erwachte, steif vor Kälte, mit einem Krampf und dem Fluch in den verklebten Lippen, ganz erstarrt. Die Sonne war gerade aufgegangen, und ihre Strahlen kitzelten seine Augenlider.

Als er sah, daß er nur ganz kurz geschlafen hatte und daß er nicht einmal in der Morgendämmerung mehr schlafen konnte, schrie er in ohnmächtiger Wut auf, rollte sich zusammen und fing an, seinen Kopf gegen die Erde zu schlagen. Schäumend und knurrend warf er sich immer wieder auf den Boden, biß in seinen roten Umhang, und währenddessen erhob sich die Sonne immer mehr über den Berg in den hohen Himmel.

Mit zerrissenen und zerdrückten Kleidern ging er ganz gebrochen den Berg hinunter und führte sein Pferd hinter sich her. Er blieb erst stehen, als er in der Ebene auf einen Brunnen stieß. Der helle, armdicke Wasserstrahl schoß in einen Trog, der aus einem Kiefernstamm verfertigt war. Das Wasser schimmerte und wurde von der Erde aufgesogen, es bildete Pfützen und kleine Teiche, über denen im Morgenglanz Schmetterlinge und dichte Mückenschwärme wie unruhige Schleier schwebten. Das Pferd trank lange, die Hufe in den Pfützen, und die Muskeln an seinen Beinen und Flanken zitterten. Mustafa saß am Rand des Holztrogs, hingerissen und beruhigt von der Frische des Wassers und der Morgenluft, die sein Gesicht umspielte. Dann sah er sich im Wasserspiegel; er sah ein verschattetes Gesicht, das dunkel war wie Kohle, und um seinen Kopf sah er den Mückenschwarm im Sonnenlicht wie eine Aureole aus dünnem zitterndem Licht. Unwillkürlich hob er die Hand und sah im Wasser seine gekrümmten Finger, die in diesen flüssigen, zitternden Glanz getaucht waren; er spürte aber auf seiner Haut gar nichts, so winzig und schwerelos waren die von der Sonne durchdrungenen Körperchen der Mücken. Sein Pferd scheute ein bißchen, der Mückenschwarm zerriß, und die Aureole verschwand.

Bis zum Mittag ritt er wie im Traum und wie durch ein Wunder beruhigt. Er hätte in dieser Nacht seine Reise nach Sarajevo fortgesetzt, wenn er nicht auf der Straße bei Omars Herberge den Abduselambeg aus Čatić, einen Schwätzer und Bramarbas mit schütterem Bart und blauen Augen, getroffen hätte. Sie waren die einzigen Gäste in der ganzen Herberge. Der Beg wollte ihn unbedingt zurückhalten und zur Übernachtung bewegen; er rechnete damit, daß sie am nächsten Tag zusammen in Sarajevo einreiten und daß alle Bekannten sehen würden, daß Mustafa Magyar sein Freund und Reisegefährte war. Mustafa gab nach. Der dunstige Tag ging zu Ende, und wieder überfiel ihn Schlaf, der nichts anderes war als Müdigkeit, in der er alles wußte und alles fühlte. Übelkeit stieg in ihm auf und würgte ihn in der Kehle.

Er trank nur Wasser und legte sich nieder, ohne Abduselambeg gute Nacht zu sagen, und der Wirt drohte laut, daß er jeden, der Mustafas Schlaf störte, töten würde, sei es ein Hund, eine Henne oder ein Mensch.

Zuerst schlief er ein, aber plötzlich war es wie immer: Wenn er es am wenigsten erwartete, erschienen vor ihm jene Kinder von der Krim, mit blonden kurzen Haaren, aber irgendwie waren sie steif und glatt und kräftig und entschlüpften ihm wie Fische. Ihre Augen waren nicht mehr erstorben, und ihre Pupillen vergingen nicht in Angst, sondern waren beharrlich und unbeweglich. Er war außer Atem und griff immerzu nach ihnen, bemerkte aber auch die kleinste Veränderung. Und während er sich so plagte und sich selbst böse war, weil er nicht die Kraft hatte, sie zu fassen und festzuhalten, hörte er, wie hinter seinem Rücken jemand sagte:

»Ihr hättet sie braten sollen. Fangen und auf den Rost mit ihnen ... aber jetzt ist es zu spät.«

Er war außer sich vor Qual. Ja, das hätten sie tun sollen: sie braten. Und wieder stand er auf, um sie zu fangen, aber er fuchtelte vergeblich mit den Händen, ganz schwach und unansehnlich und lächerlich, und die Knaben entkamen ihm und flogen plötzlich wie Wolken.

Schwitzend und von Übelkeit befallen, erwachte er. Er schnaufte und warf sich auf dem Strohsack hin und her. Der Schlaf floh, es wurde dunkel, und die Angst überfiel ihn. Der Schweiß auf seiner Haut wurde zu Eis. Heiser rief er Abduselambeg herbei, bestellte Kaffee und Schnaps und eine Kerze.

So saßen die beiden lange und tranken; zwischen ihnen brannte mit unruhiger Flamme die Kerze, die Ecken waren voller Dunkelheit und vertriebener Schatten, und am kleinen Fenster sahen sie ein Stückchen der blauen Nacht. Ihre Stimmen hallten scharf und unangenehm durch das leere Zimmer.

Abduselambeg erzählte viel von sich, vom Krieg und von seiner Familie. Er erzählte, wie er auf Gabela Wache gehalten hatte, und Mustafa schwieg, ganz in sich zusammengesunken, und nach jedem Glas schüttelte er sich. Um ihn zum Sprechen zu bringen, begann Abduselambeg von der Schlacht bei Banja Luka zu erzählen und davon, daß er mit eigenen Augen gesehen hatte, wie Mustafa von Floß zu Floß gesprungen war, ganz allein das andere Ufer erreicht und die Deutschen angegriffen hatte.

»Hat man das denn auch unter der Decke sehen können?«

»Was – ? Wieso?«

Mustafas Augen glänzten und sprühten, und der Beg wurde ernst. Er wußte nicht, ob er beleidigt sein oder die Bemerkung als einen Scherz hinnehmen sollte. Mustafa brach zuerst in Gelächter aus, und der Beg stimmte ein.

»Spaß muß sein!«

»Das ist wahr!«

Und gleich begann er zu erzählen, wie er die Deutschen, die Mustafa vor sich hergetrieben hatte, abgefangen habe.

»Ich glaube, ich habe in einem Aufwaschen so an die vierzig Stück niedergesäbelt.«

»So was!«

»Sicher! Und da war einer, ein Kleiner, Schneller. Er fing an zu laufen, und ich hinter ihm her, und so schnell, wie Gott mich geschaffen hat, lief ich ihm nach.«

»Hast du ihn erwischt?«

»Das wirst du gleich hören. Auf einem Abhang merkte ich plötzlich, daß er nachläßt. Schon bin ich bei ihm, und wupp! Wie ein Küken!«

Mustafa schnaufte nur und pfiff, und der Beg erzählte. Die Nacht, der Schnaps und der kurze Verstand kennen kein Maß. So entstanden immer neue und seltsamere Heldentaten, die er, sein Großvater und gar sein Urgroßvater angeblich vollführt hatten; dabei schmückte er die Erzählung von der Schießerei auf dem Gabela-Berg immer mehr aus.

»Gott hat mich so geschaffen, ich habe einfach keine Angst. Wir kommen zum Vorposten, der den Venezianern gegenübersteht, und alle zittern und flüstern in der Dunkelheit, und ich klettere auf die Schanze, fange an, aus vollem Hals zu singen, und meine Stimme klingt wie eine Trompete, und die Walachen erkundigen sich, wer dieser mächtige Türkenheld nur sein mag. Aber die Unseren haben es gleich gewußt: Wer konnte das schon sein!«

»Wie du nur lügst!«

Von seinem phantastischen Geschwätz ganz hingerissen, hörte der Beg gar nicht hin.

»Was sagst du?«

»Du lügst, mein Lieber, und ganz kräftig«, antwortete ihm Mustafa voll Ungeduld und Widerwillen. Er preßte dabei seine Lippen zusammen und nagte an seinem Schnurrbart.

Erst jetzt kam der Beg, der in seinem Lügengespinst ganz verloren war, wieder zu sich. Das Zimmer kam ihm dunkler vor. Die Kerzenflamme drehte sich und zitterte unter seinem Atem. Ganz nahe vor sich sah er die zwei ungleichmäßigen, blutunterlaufenen und gefährlich glänzenden Augen Mustafas, die totenbleiche Stirn und das blasse Gesicht über dem schwarzen Bart. Er war beleidigt und erschrocken. Er sprang auf. Der hölzerne Schemel fiel um, die Kerze schlug dumpf auf und erlosch.

Obwohl er betrunken war, zog sich Mustafa mit dem Instinkt des erfahrenen Kriegers zur Wand zurück; er tastete nach seinem Umhang mit den Waffen und zog das kurze Gewehr hervor. Zwischen ihnen lag der umgeworfene Schemel, und weiter entfernt war das Fenster, das selbst jetzt in der Dunkelheit als helles Quadrat zu sehen war. In der Stille, in der sie beide den Atem anhielten, hörte er ein weiches, zischendes Geräusch. Der Beg mußte seinen Dolch aus der Scheide gezogen haben. Als hätte ihn das an unzählige Ereignisse in seinem Leben erinnert, dachte er wieder voll blutigen Hasses: Wieviel Unflat gibt es nur auf der Welt! Es währte aber nur einen

Augenblick; sogleich sammelte er sich wieder und schätzte seine Lage ab.

Der Beg ist ein Feigling und ein Lügner! dachte er, und diese Leute neigen zum Mord. Er hat kein Gewehr in der Hand, und wenn er an mich herankommen will, muß er am Fenster vorbei.

Er hob das Gewehr, zielte auf die Mitte des Fensters und wartete. Wirklich zeichnete sich etwas später eine Hand am Fenster ab, das gleich darauf von der Hüfte des Begs verdeckt wurde. Mustafa drückte ab. Im Krachen des Schusses hörte er nicht, wie der Beg fiel.

Omar, der alte Wirt, hatte entweder nichts gehört oder wagte nicht, sich zu rühren.

Diese Nacht ritt Mustafa ohne Unterlaß durch den Wald. Das Pferd blieb von Zeit zu Zeit vor Müdigkeit stehen und scheute selbst vor Schatten. Auch Mustafa fing an, die seltsamen Formen vereinzelter Baumstrünke zu betrachten und die Schatten, die sie in der hellen, aber mondlosen Nacht warfen. Denen, die ihm unheimlich und gefährlich erschienen, wich er aus. Plötzlich schien ihm, als habe jeder dieser Schatten eine besondere Stimme, die flüsterte, rief oder sang; es waren leise, kaum hörbare Stimmen, die miteinander abwechselten und mit den seltsamen Formen verschmolzen. Das alles verschwand mit dem Knall der Peitsche, mit der er sein Pferd antrieb. Sobald er aber aufhörte, mit der Peitsche zu knallen, fielen die Stimmen wie ein Schwarm über ihn her. Um sie zum Schweigen zu bringen, schrie er:

»Allah!«

Aber der Wald antwortete ihm mit tausend Stimmen,

von allen Seiten, aus allen Höhlen, von jedem Baum und jedem Blatt und übertönte seinen Ruf.

»Aoooh!«

Er schrie aus Leibeskräften, doch seine Kehle preßte sich zusammen, und der Atem ging ihm aus, und die unzähligen unbesiegbaren Stimmen übertönten ihn, und drohend erhoben sich die Baumstämme und das Gebüsch. Er ritt schnell, ohne das Pferd unter sich zu spüren, ganz gefühllos. Seine Stimme überschlug sich, aber er fing immer wieder an zu schreien, bis er auf eine Lichtung kam, auf der die Stimmen verstummten.

In der Morgendämmerung fand er sich auf der Gorica, oberhalb von Sarajevo. Er hielt in den Zwetschkengärten. Das Pferd unter ihm schwankte. Es hatte blutige Beine und eingesunkene Flanken. Der ganze Himmel war voll Licht, und die dünnen Wolken waren von Glanz durchdrungen. Über der Stadt lag niedriger Nebel, aus dem die Spitzen der Minarette hervorragten wie die Masten gesunkener Schiffe.

Er strich sich mit der Hand über sein Gesicht, das feucht von Tau war. Vergeblich versuchte er, die zwei unruhigen schwarzen Kreise zu vertreiben, durch die er die Stadt und den Glanz des Tages nur trübe sehen konnte. Er betastete seine Schläfen, drehte den Kopf nach links und rechts, und zusammen mit seinem Blick bewegten sich auch die schwarzen Kreise, die alles um ihn her verschwimmen, zittern und dunkel werden ließen. Auch die Stille war taub, er hörte nur, wie das Blut ihn unaufhörlich überschwemmte, wie es dumpf in seinem Hals schlug. Er konnte sich nicht besinnen, wo er war, und was für ein Tag war. Er dachte an Sarajevo, aber in seine Gedanken drängten sich die Bilder von kaukasischen Städten und ihren Minaretten. Manchmal sah er überhaupt nichts.

Mit Müh und Not gelangte er aus dem Netz der Gärten und Zäune, und als er die Vorstadt erreichte, ließ er sein Pferd vor einem Kaffeehaus halten, wo auf einem breiten grünen Streifen neben dem Friedhof und dem Brunnen schon einige Türken saßen und Kaffee schlürften. Er stieg ab und trat ein. Seine Kleider waren zerdrückt und schmutzig, und er ging unsicher durch die Finsternis, die seine Augen umgab. Er sah Gesichter vor sich, die plötzlich verschwanden und dann wieder erschienen, vervielfältigt und verzerrt. Er setzte sich nieder. Durch das Rauschen des Blutes in seinen Ohren hörte er die Gespräche, die in seiner Nähe geführt wurden, er konnte aber den einzelnen Worten keinen Sinn entnehmen. Sie sprachen von der Unterdrückung durch den Abgesandten des Sultans, Kulačehaja Lutfibeg.

Nach diesen vielen langwierigen Kriegen gab es zahlreiche Nichtstuer und Säufer, die in Sarajevo und im übrigen Bosnien plünderten, mordeten und alle Arten von Gewaltverbrechen begingen. In Istanbul liefen viele Beschwerden ein, und der Sultan schickte einen Sondergesandten mit unbegrenzten Vollmachten. Dieser hochgewachsene Mann mit dem dünnen, herunterhängenden Schnurrbart ging durch die Straßen, war unerbittlich grausam und schnell. Noch nie hatte man die Strenge der Staatsmacht so deutlich verspürt wie unter ihm. Sobald er einen Betrunkenen oder einen Landstreicher erwischte oder einen, den man als Mörder oder Plünderer angezeigt hatte, warf er ihn in die gelbe Tabia, wo seine Henker, Anatolier, die Gefangenen ohne weitere Untersuchung der Reihe nach mit festen Schnüren erwürgten. Es gab Nächte, in denen etwa sechzig Verbrecher auf diese Weise hingerichtet wurden. Die Christen freuten sich, und die Türken begannen, über seine Strenge zu murren. Er ließ aber zwei Händler aus Sarajevo, die sich öffentlich über ihn aufgehalten hatten, gefangennehmen und erwürgen, ehe noch jemand dazugekommen war, sich für sie zu verwenden.

Auf den Straßen sah man die Leichen derer, die sich im Rausch oder voll Zorn gegen die Häscher des Sondergesandten zur Wehr gesetzt hatten. Überall sah man Blut. Der Tod war noch nie so nahe gewesen.

Auch diese Türken sprachen beim Kaffee von der Strenge des Sondergesandten. Da sie sich nicht trauten, öffentlich ihre Gedanken zu äußern, beklagten sie nur den Tod so vieler Türken, unter denen sich auch viele berühmte Helden und Kämpfer befanden. Ein alter Mann sagte vorwurfsvoll:

»Die Christen werden uns noch ganz überschwemmen. Die Unsrigen fallen, und dieses getaufte Ungeziefer vermehrt sich ohne Unterlaß.«

Als Mustafa diese Worte begriff, kam es ihm dunkel so vor, als ob sie etwas mit seinen eigenen Gedanken zu tun hätten. Er sammelte sich mit großer Anstrengung und sagte:

»Getauft oder ungetauft: die Welt ist voller Unflat.«

Alle drehten sich nach dieser Stimme um, die nichts

anderes war als ein heiseres, durchdringendes Flüstern. Sie sahen, daß seine Kleider ganz zerrissen waren und beschmutzt vom Gras und von gelber Tonerde. Sein Gesicht war schwarz wie Kohle. Erst jetzt sahen sie, daß eines seiner Augen blutunterlaufen war und daß die Pupillen in ihrer Mitte wie schwarze Punkte waren; seine Hände krampften sich immer wieder zusammen, sein nackter Hals war aufgeschwollen und die linke Schnurrbarthälfte zernagt und kürzer.

Sie sahen einander an. Er gewahrte durch die dunklen Blutschwaden, daß alle Gesichter sich ihm zuwandten, und es schien ihm, als bereiteten sie sich zum Angriff vor. Er griff nach dem Säbel. Alle sprangen auf. Die Älteren blieben an der Wand stehen, und zwei Jüngere mit Messern in den Händen stellten sich ihm gegenüber. Er fällte den ersten. Den zweiten aber verfehlte er, da er kaum etwas sehen konnte. Er warf den hölzernen Kaffeemörser um. Er schlug wie ein Blinder um sich und lief auf die Straße, die Türken ihm nach. Die Leute auf der Straße strömten herbei. Die einen glaubten, die Häscher seien am Werk, die anderen wieder, daß die Türken die Häscher verfolgten. Alle waren in der letzten Zeit an solche Auftritte gewöhnt, und alle nahmen daran mit blutrünstiger Freude teil, gleichgültig, um was es ging.

In seiner Blindheit stolperte er über die Schwelle, und sogleich wurde er von den Türken aus dem Kaffeehaus und den Leuten von der Straße umzingelt. Viele Hände griffen nach ihm. Sie zerrissen ihm die Weste, und er war im Hemd. Seine tuchumwickelte Mütze fiel zu Boden. Auch das Hemd begann zu reißen. Mit der Kraft seines

Zorns schlug er um sich und ließ den Säbel nicht aus der Hand. Da sich die Menge in der Tür balgte, fiel der Türrahmen krachend um, der Menschenhaufen schwankte und stürzte, und Mustafa riß sich los, schwang seinen Säbel und lief die steile Vorstadtgasse hinunter. Die Menge lief hinter ihm her. Ohne etwas zu sehen lief er dahin, glatzköpfig und mit nacktem, haarigem Oberkörper. Die Menge schrie hinter ihm her:

»Haltet ihn! Ein Irrsinniger!«

»Ein Mörder!«

»Ein Dieb!«

»Haltet ihn! Laßt ihn nicht entkommen!«

Einige Leute, die gerade des Weges kamen, versuchten vergeblich, ihn zu fassen. Er warf sogar einen Häscher, der sich ihm entgegengestellt hatte, zu Boden. Viele wußten nicht, warum sie ihn verfolgten, aber die Menge wuchs immer mehr an. Aus den Toren kamen immer mehr Menschen herbeigelaufen und gesellten sich zu den Verfolgern. Die Händler schrien ihnen von ihren Läden her aufmunternde Worte zu und bewarfen Mustafa mit hölzernen Pantoffeln und Gewichten. Erschrockene Hunde liefen neben ihm her. Die Hühner stoben kreischend auseinander. Von allen Fenstern hingen Köpfe wie Trauben.

Während er verfolgt und von allen Seiten geschlagen wurde, erwachte in seinem erlöschenden Bewußtsein noch einmal der Gedanke: Die Welt ist voller Unflat! Überall!

Obwohl er ganz außer sich war, unterlag er ihren Schlägen nicht, sondern lief viel schneller als alle anderen. Er näherte sich schon dem Friedhof auf dem grünen Hügel, als aus einer Schmiede ein Zigeuner herauskam und sah, wie ein halbnackter Mensch gejagt wurde. Er warf ein altes Eisenstück nach ihm, das ihn an der Schläfe traf und auf der Stelle umwarf.

Ein großer Stern flog über den dunklen und engen Himmel, und hinter ihm ergossen sich viele winzige Sternchen. Im Nu war auch die letzte Spur von ihnen erloschen. Alles wurde dunkel und hart. Es war das letzte, was er spürte. Die Verfolger näherten sich.

Brief aus dem Jahre 1920

März, im Jahr 1920. Der Bahnhof von Slavonski Brod. Mitternacht war vorbei. Der Wind pfiff aus einer unbestimmbaren Richtung. Er erschien den von der Reise ermüdeten und unausgeschlafenen Menschen noch kälter und stärker, als er wirklich war. Am Himmel zogen Sterne zwischen den wirbelnden Wolken vorbei. In der Ferne bewegten sich über unsichtbaren Gleisen bald schnell, bald langsam gelbe und rote Lichter, und die durchdringenden Pfiffe der Schaffnerpfeifen und die langgezogenen Pfiffe der Lokomotiven drangen herüber. Sie wehten Melancholie in die Ermüdung und Einsamkeit unseres langen Wartens.

Wir saßen vor dem Bahnhof neben dem ersten Gleis auf unseren Koffern und warteten auf den Zug, dessen Ankunfts- und Abfahrtszeit uns unbekannt waren. Wir wußten nur, daß er gedrängt voll von Reisenden und Gepäck sein würde.

Der Mann, der neben mir saß, war ein alter Bekannter und Freund von mir, den ich in den letzten fünfzehn Jahren aus den Augen verloren hatte. Er hieß Max Löwenfeld, war Sohn eines Arztes und selbst Arzt. Er war in Sarajevo geboren und dort aufgewachsen. Sein Vater hatte schon als junger Arzt Wien verlassen und sich in Sarajevo niedergelassen, wo er sich bald eine große Praxis erworben hatte. Sie waren ihrer Herkunft nach Juden, aber längst getauft. Seine Mutter stammte aus Triest, sie war die Tochter einer italienischen Baronin und eines österreichischen Seeoffiziers, der wieder von französischen Emigranten abstammte. An ihre schöne Gestalt, ihren Gang und ihre vornehme Art sich zu kleiden, konnten sich zwei Generationen in Sarajevo erinnern. Sie gehörte zu jenen Schönheiten, die auch die frechsten und rohesten Menschen mit einer Achtung und Rücksicht behandeln, die ihnen ansonsten abgeht.

Max Löwenfeld und ich gingen zusammen ins Gymnasium. Er war allerdings drei Klassen über mir, was in diesem Alter viel bedeutet.

Ich kann mich undeutlich erinnern, daß er mir sofort aufgefallen ist, als ich ins Gymnasium eintrat. Er ging damals in die vierte Klasse, war aber noch immer wie ein Kind gekleidet. Er war ein kräftiger Knabe in dunkelblauem Matrosenanzug mit eingestickten Ankern an den Ecken des breiten Kragens. Er trug noch immer eine kurze Hose und an den Füßen schwarze Schuhe von guter Machart. Zwischen den kurzen weißen Socken und den Hosen sah man seine nackten kräftigen Waden, rot durchblutet und mit blonden Härchen bedeckt.

Wir hatten damals keine Berührungspunkte; alles trennte uns: das Alter, das Aussehen und die Gewohnheiten, die Besitzverhältnisse und die gesellschaftliche Position unserer Eltern.

Besser erinnere ich mich seiner aus späterer Zeit, als ich in der fünften Klasse war, und er in der achten. Damals war er ein hochaufgeschossener junger Mann mit hellen Augen, die eine ungewöhnlich große geistige Lebhaftigkeit verrieten. Er war gut, aber nachlässig gekleidet, hatte dichtes blondes Haar, das ihm in starken, beweglichen Strähnen ins Gesicht fiel, einmal von der einen, dann von der anderen Seite. Wir kamen einander näher anläßlich einer Diskussion, die eine Gruppe älterer Schüler auf einer Parkbank führte.

In unseren Schülerdebatten gab es weder Grenzen noch Rücksichten. Alle Prinzipien wurden mit großem Wortaufwand durcheinandergebracht, und ganze geistige Welten in ihren Fundamenten unterminiert. Natürlich blieb alles auch nachher am gleichen Platz, aber unsere leidenschaftlichen Worte waren für uns und unser späteres Schicksal bedeutend, wie eine Vorahnung großer Unternehmungen in den bewegten Zeiten und den langen Irrungen, die erst kommen sollten.

Als ich nach einer lebhaften Diskussion, zitternd vor Erregung und von meinem Triumph genauso überzeugt wie mein Diskussionsgegner von seinem, aufbrach, um nach Hause zu gehen, gesellte Max sich mir zu. Es war das erstemal, daß wir beide allein waren. Es schmeichelte mir und bestärkte mich noch in meinem Siegesrausch und in meiner Selbstachtung. Er erkundigte sich nach meiner Lektüre und betrachtete mich aufmerksam, als sehe er mich zum erstenmal im Leben. Ich gab ihm aufgeregt Antworten. Er blieb plötzlich stehen, sah mir gerade in die Augen und sagte seltsam ruhig:

»Weißt du, ich wollte dir nur sagen: du hast Haeckel nicht genau zitiert.«

Ich fühlte, wie ich errötete und wie die Erde unter mir wankte und dann wieder auf ihren Platz zurückkehrte. Natürlich hatte ich falsch zitiert; mein Zitat stammte aus einer billigen Broschüre, und ich konnte mich nur schlecht daran erinnern, und wahrscheinlich war es auch schlecht übersetzt. Mein bisheriger Triumph verwandelte sich in Gewissensbisse und Schamgefühl. Die hellen blauen Augen betrachteten mich ohne Mitleid, aber auch ohne die geringste Spur von Bosheit oder Überlegenheit. Dann wiederholte Max mein unglückseliges Zitat im richtigen Wortlaut. Und als wir vor seinem schönen Haus am Ufer der Miljacka angelangt waren, drückte er mir fest die Hand und lud mich ein, am nächsten Nachmittag zu ihm zu kommen, um seine Bücher zu sehen.

Dieser Nachmittag war für mich ein großes Erlebnis. Ich sah zum erstenmal in meinem Leben eine richtige Bibliothek, und es wurde mir klar, daß ich mein Schicksal betrachtete. Max besaß viele deutsche und einige italienische und französische Bücher, die seiner Mutter gehörten. Er zeigte mir alles mit einer Ruhe, um die ich ihn mehr beneidete als um die Bücher. Es war eigentlich nicht Neid, sondern das Gefühl eines grenzenlosen Vergnügens und der mächtige Wunsch, mich eines Tages ebenso frei in der Welt der Bücher zu bewegen, die, wie mir schien, Licht und Wärme ausströmten. Er sprach selbst ganz frei, als lese er aus den Büchern, gab sich unbefangen in dieser Welt berühmter Namen und großer Gedanken, während ich vor Aufregung und vor Ehrgeiz zitterte und mich vor diesen Größen, vor denen ich stand, schämte. Gleichzeitig hatte ich Angst vor der Welt draußen, aus der ich kam und in die ich zurückkehren mußte.

Diese Nachmittagsbesuche bei meinem älteren Freund wiederholten sich immer öfter. Ich vervollkommnete mich schnell in der deutschen Sprache und begann auch Italienisch zu lernen. Ich trug diese schön gebundenen Bücher auch nach Hause in meine ärmliche Wohnung. Ich blieb in der Schule zurück. Alles, was ich las, erschien mir als heilige Wahrheit und als eine erhabene Verpflichtung gerade für mich, eine Verpflichtung, der ich mich nicht entziehen konnte, ohne in meinen eigenen Augen an Ansehen einzubüßen und jeglichen Glauben an mich zu verlieren. Ich wußte nur das eine: Man mußte das alles lesen, man mußte solche oder ähnliche Dinge schreiben. Ich dachte an nichts anderes mehr.

An einen Tag kann ich mich besonders gut erinnern. Es war Mai. Max bereitete sich auf die Matura vor, aber ohne Aufregung und merkliche Anstrengung. Er führte mich zu einem kleinen abseits stehenden Bücherschrank, auf dem mit goldenen Lettern geschrieben stand: »Helios Klassiker-Ausgabe«. Ich erinnere mich, daß er mir gesagt hat, der Bücherschrank sei zusammen mit den Büchern gekauft worden. Und selbst der Schrank erschien mir als Heiligtum, und sein Holz war von Licht überflutet. Max nahm einen Band Goethe heraus und las mir aus dem Prometheus vor.

Er begann mit einer neuartigen, mir bisher unbekannten Stimme, und man merkte gleich, daß er dieses Gedicht schon unzählige Male gelesen hatte:

Bedecke deinen Himmel, Zeus,
Mit Wolkendunst
Und übe, dem Knaben gleich,
Der Disteln köpft,
An Eichen dich und Bergeshöhn!
Mußt mir meine Erde
Doch lassen stehn
Und meine Hütte, die du nicht gebaut,
Und meinen Herd,
Um dessen Glut
Du mich beneidest.

Er schlug mit der Faust taktmäßig, aber kräftig, gegen die Lehne des Fauteuils, in dem er saß. Das Haar fiel ihm zu beiden Seiten in die gerötete Stirn.

Hier sitz' ich, forme Menschen
Nach meinem Bilde,
Ein Geschlecht, das mir gleich sei,
Zu leiden, zu weinen,
Zu genießen und zu freuen sich
Und dein nicht zu achten,
Wie ich!

Zum erstenmal sah ich ihn so. Ich hörte ihm bewundernd und mit leichter Angst zu. Dann gingen wir hinaus und unterhielten uns in der warmen Dämmerung weiter über das Gedicht. Max begleitete mich bis zu meiner steilen Straße, und dann begleitete ich ihn bis zum Ufer, und so ging es einige Male hin und her. Die Nacht war schon eingebrochen, und es waren immer weniger Leute auf der Straße, aber wir legten den Weg immer wieder zurück und diskutierten über den Sinn des Lebens und über die Herkunft der Götter und der Menschen. An einen Augenblick erinnere ich mich ganz besonders. Als wir zum erstenmal in meine unansehnliche Straße kamen und an einem schiefen grauen Zaun stehenblieben, streckte Max auf seltsame Weise seinen linken Arm aus und sagte mir warm und vertraulich:

»Weißt du, ich bin Atheist.«

Über dem niedergebrochenen Zaun blühten dicht verfilzte Weiden und verbreiteten einen starken, schweren Geruch, der mir wie der Geruch des Lebens selbst vorkam. Der Abend war feierlich, alles um uns war still, und die Kuppel des Himmels über mir, die voller Sterne war, erschien mir wie neu. Vor Aufregung konnte ich nichts sagen. Ich fühlte, daß zwischen mir und diesem älteren Kameraden etwas geschehen war und daß wir uns jetzt nicht so einfach trennen konnten, um nach Hause zu gehen, jeder für sich. So blieben wir zusammen und machten denselben Weg noch oft, hin und zurück, bis tief in die Nacht.

Als Max maturierte, wurden wir getrennt. Er ging nach Wien, um Medizin zu studieren. Kurze Zeit schrieben wir einander, aber die Korrespondenz geriet ins Stocken. Wir sahen einander manchmal noch in den Ferien, aber ohne die alte Herzlichkeit. Dann kam der Krieg, der uns vollständig trennte.

Und jetzt, nach einigen Jahren, trafen wir einander auf diesem häßlichen und langweiligen Bahnhof wieder. Wir waren von Sarajevo an im selben Zug gesessen, ohne es zu wissen, und hatten einander erst hier gesehen; nun warteten wir auf die ungewisse Ankunft des Zugs nach Belgrad.

Wir erzählten einander in kurzen Worten, wie wir den Krieg hinter uns gebracht hatten. Max hatte im ersten Kriegsjahr seine Studien beendet und war dann als Arzt an allen österreichischen Fronten gewesen, hatte aber immer in bosnischen Regimentern gedient. Sein Vater war während des Krieges an Flecktyphus gestorben, und seine Mutter hatte Sarajevo verlassen und war zu ihren Angehörigen nach Triest übergesiedelt. Die letzten paar Monate hatte Max in Sarajevo verbracht, um seine Angelegenheiten in Ordnung zu bringen. Im Einverständnis mit seiner Mutter hatte er das Haus seines Vaters am Ufer der Miljacka und den Großteil der Einrichtung verkauft. Nun reiste er zu seiner Mutter nach Triest, von wo aus er weiterzureisen gedachte, nach Argentinien oder vielleicht auch nach Bolivien. Er drückte sich nicht ganz klar aus, es schien aber festzustehen, daß er Europa für immer verlassen wollte.

Max war während des Frontlebens stärker und ungeschlachter geworden, und er war, soviel ich sehen konnte, angezogen wie ein Unternehmer. In der Dunkelheit nahm ich undeutlich seinen starken Kopf mit den dichten, hellen Haaren wahr und hörte seine Stimme, die im Laufe der Jahre tiefer und männlicher geworden war, die aber die Sprachfärbung von Sarajevo beibehalten hatte, in der die Konsonanten weicher und die Vokale undeutlich und langgezogen gesprochen werden. Übrigens verriet seine Sprache eine gewissen Unsicherheit.

Er sprach, als lese er, und benutzte viele ungewöhnliche, angelesene und wissenschaftliche Ausdrücke. Dies war das einzige, was vom einstigen Max übriggeblieben war. Ansonsten war keine Rede von Poesie und von Büchern. (Niemand mehr erinnerte sich an Prometheus.) Er sprach zuerst über den Krieg im allgemeinen, mit großer Bitterkeit, die mehr im Ton lag als in den Worten, mit einer Bitterkeit, die gar nicht mit Verständnis rechnete. (Für ihn hatte es in diesem großen Krieg eigentlich keine gegnerischen Fronten gegeben, sie gingen ineinander über und verschmolzen in eins. Das allgemeine Leid hatte ihm die Sicht verstellt und ihm das Verständnis für alles andere genommen.) Ich erinnere mich, wie erstaunt ich war, als er sagte, daß er die Sieger beglückwünsche und zugleich bedaure, weil die Besiegten erkannten, woran sie waren und was sie getan hatten, wogegen die Sieger nicht einmal noch ahnten, was sie erwartete. Er sprach in dem zornigen und hoffnungslosen Ton eines Menschen, der viel verloren hatte, und jetzt sprechen konnte, wie er wollte, wohl wissend, daß ihm deshalb niemand etwas tun konnte, daß ihm seine Worte aber nichts mehr nützten. Nach diesem großen Krieg stieß man unter den Intellektuellen oft auf solche Menschen, die auf eine besondere Art, aber auf nichts Bestimmtes im Leben zornig waren. Sie fanden in sich nicht die Kraft, sich mit dem Vergangenen abzufinden und sich anzupassen, aber auch nicht, die große Entscheidung in einem entgegengesetzten Sinn zu treffen. Zu diesen Leuten gehörte auch er, so schien es mir damals.

Unser Gespräch geriet bald ins Stocken, weil keiner von uns in dieser Nacht eine Auseinandersetzung wünschte, an diesem ungewöhnlichen Ort unseres Wiedersehens und nach so vielen Jahren. Deshalb sprachen wir von anderen Dingen. Eigentlich sprach nur er. Er drückte sich auch jetzt mit gewählten Worten aus und in komplizierten Sätzen, wie ein Mensch, der mehr mit Büchern als mit Menschen lebt, kühl und sachlich, ohne Umschweife und Schönfärberei, wie man in einem medizinischen Lehrbuch von den Symptomen seiner Krankheit liest.

Ich bot ihm eine Zigarette an, er sagte aber, er rauche nicht, er sagte das schnell, beinahe mit Angst und Abscheu. Und während ich eine Zigarette an der anderen anzündete, sprach er gewollt sorglos, als wünsche er, damit andere, trübe Gedanken zu verscheuchen.

»Siehst du, wir beide haben die Breitspurbahn erreicht. Wir haben die Klinke einer Tür niedergedrückt, die in die große Welt führt. Wir verlassen Bosnien. Ich werde nie mehr dorthin zurückkehren, aber du wirst es tun.«

»Wer weiß?« warf ich nachdenklich ein, getrieben von jenem besonderen Ehrgeiz, der die jungen Menschen dazu treibt, sich ihr Schicksal in fernen Ländern und auf ungewöhnlichen Wegen vorzustellen.

»Nein, nein. Du wirst sicher zurückkehren«, sagte mein Reisegefährte bestimmt, als stelle er eine Diagnose. »Und ich werde mein ganzes Leben lang die Erinnerung an Bosnien mit mir herumschleppen, wie eine bosnische Krankheit, deren Ursache entweder ist, daß ich dort geboren und aufgewachsen bin, oder, daß ich nie mehr dorthin zurückkehren werde. Einerlei.«

An einem ungewöhnlichen Ort, zu ungewöhnlicher Zeit, nimmt auch das Gespräch ungewöhnliche Züge an, wie im Traum. Ich sah die kräftige, verkrampfte Silhouette meines einstigen Schulkameraden neben mir und dachte darüber nach, wie wenig er doch jenem jungen Mann glich, der mit der Faust die Verse skandiert hatte: Bedecke deinen Himmel, Zeus ... – und ich dachte darüber nach, was aus uns werden würde, wenn das Leben uns auch weiterhin so schnell und so tiefgreifend veränderte, und nur die Veränderungen, die ich an mir selbst bemerkte, erschienen mir als gut und richtig. Und während ich über all das nachdachte, bemerkte ich plötzlich, daß der Kamerad neben mir wieder sprach. Aus meinen Gedanken gerissen, hörte ich ihm aufmerksam zu, so aufmerksam, daß mir vorkam, als seien alle Bahnhofsgeräusche um uns her verstummt, und als sei seine Stimme der einzige Laut in dieser windigen Nacht.

»Lange Zeit habe ich wirklich geglaubt, daß ich genauso wie er mein Leben lang die Kinder von Sarajevo behandeln und meine Knochen auf dem Friedhof von Koševo lassen würde. Aber das, was ich in den bosnischen Regimentern während des Krieges gesehen und erlebt habe, hat mich in diesem Glauben erschüttert, und als ich in diesem Sommer demobilisiert wurde und danach drei Monate in Sarajevo verbrachte, wurde mir klar, daß ich nicht hierbleiben würde. Allein der Gedanke, daß ich in Wien, in Triest oder in irgendeiner anderen österreichischen Stadt leben soll, ruft in mir Abscheu hervor, bis zum Erbrechen. Deshalb bin ich auf Südamerika verfallen.«

»Schön. Kann man aber erfahren, weshalb du aus Bosnien fliehst?« fragte ich mit der Unvorsichtigkeit, mit der Menschen meines Alters damals die Fragen zu stellen pflegten.

»Es ist schwer, das so im Vorbeigehen, auf dem Bahnhof, mit ein paar Worten zu sagen. Wenn ich aber in einem Wort ausdrücken soll, was mich aus Bosnien forttreibt, dann würde ich sagen: der Haß.«

Max stand plötzlich auf, als sei er, während er sprach, mit einemmal gegen einen unsichtbaren Zaun gestoßen. Auch ich erwachte zu der Wirklichkeit der kalten Nacht am Bahnhof von Slavonski Brod. Der Wind wurde immer stärker und kälter, die Lichter zwinkerten und verschwanden in der Ferne, und die winzigen Lokomotiven pfiffen. Über uns verschwand auch das letzte bißchen Himmel mit den spärlichen Sternen, nur Nebel und Rauch schienen mir eine dieser Ebene würdige Decke zu bilden, in der, wie mir schien, der Mensch bis zu den Augen in der schwarzen fetten Erde versank.

In mir erwachte und wuchs plötzlich der böse und aggressive Wunsch, seine Behauptungen zu widerlegen, obwohl sie mir weder klar genug noch ganz verständlich waren. Wir schwiegen beide verlegen. Dieses Schweigen lag schwer zwischen uns in der Nacht, und es war nicht vorauszusehen, wer von uns beiden zuerst anfangen würde zu sprechen.

In diesem Augenblick hörte man aus der Ferne das Brausen des Schnellzugs und gleich darauf seinen tiefen und gedämpften Pfiff, der aus einer Betonwölbung zu kommen schien. Der ganze Bahnhof erfüllte sich plötzlich mit Leben. Hunderte bisher unsichtbare Gestalten erhoben sich im Dunkeln und begannen dem Zug entgegenzulaufen. Auch wir beide sprangen auf und fingen an, unsere Koffer zu schleppen, und das Gedränge, in das wir gerieten, trennte uns immer mehr. Es gelang mir nur noch, ihm meine Belgrader Adresse zuzurufen.

Nach etwa zwanzig Tagen erhielt ich in Belgrad einen dicken Brief. An der großen Schrift konnte ich den Absender erkennen. Es war Max, der mir schrieb, aus Triest, in deutscher Sprache.

»Lieber alter Freund,

als wir einander zufällig in Slavonski Brod trafen, war unser Gespräch zerrissen und gequält. Hätten wir auch eine günstigere Gelegenheit und mehr Zeit gehabt, so glaube ich doch nicht, daß wir uns besser verständigt und alles ins reine gebracht hätten. Die unerwartete Begegnung und der plötzliche Abschied aber hatten das vollkommen vereitelt. Ich bereite mich darauf vor, Triest, wo meine Mutter lebt, zu verlassen. Ich fahre nach Paris, wo ich Verwandte mütterlicherseits habe. Wenn man mir dort als Ausländer erlaubt, eine ärztliche Praxis aufzumachen, werde ich in Paris bleiben; wenn nicht, gehe ich tatsächlich nach Südamerika.

Ich glaube nicht, daß diese unzusammenhängenden und in aller Eile abgefaßten Zeilen dazu ausreichen werden, meine ›Flucht‹ aus Bosnien zu erklären und sie in Deinen Augen zu rechtfertigen. Ich sende sie trotzdem ab, weil ich fühle, daß ich Dir eine Antwort schulde, und weil ich in Erinnerung an unsere Schülerzeit nicht wünsche, daß Du mich falsch verstehst und in mir einen gewöhnlichen Deutschen und Globetrotter siehst, der das Land, in dem er geboren ist, leichten Herzens verläßt, und das in dem Augenblick, in dem bei Euch gerade ein freies Leben anfängt und das Land für jede Kraft Bedarf hat.

Ich komme gleich zur Sache. Bosnien ist ein herrliches, interessantes und keineswegs gewöhnliches Land, sowohl was seine Landschaft betrifft als auch seine Menschen. Und wie sich dort unter der Erde so manche Bodenschätze finden, so verbirgt auch der bosnische Mensch in sich mancherlei moralische Tugend, die man bei seinen Landsleuten in den anderen Gebieten Jugoslawiens seltener antrifft. Aber siehst Du, es gibt dort etwas, was die Menschen Deiner Art nicht außer acht lassen dürften: Bosnien ist ein Land der Angst und des Hasses. Lassen wir die Angst beiseite, die nur ein Korrelativ des Hasses ist, sein natürliches Echo. Sprechen wir vom Haß. Ja, vom Haß. Auch Du zuckst instinktiv zusammen und protestierst, wenn Du dieses Wort hörst (wie ich schon in jener Nacht auf dem Bahnhof gesehen habe), wie jeder von Euch sich dagegen wehrt, das zu hören, zu begreifen und einzusehen, aber es handelt sich gerade darum, daß man es einsehen, festhalten und analysieren muß. Das Unglück besteht darin, daß niemand dies tun kann und will. Denn das fatale Charakteristikum dieses Hasses liegt darin, daß der bosnische Mensch sich seiner gar nicht bewußt ist, obwohl er in ihm lebt; daß er es vermeidet, den Haß zu analysieren und jeden haßt, der versucht, es zu tun. Und doch ist es eine Tatsache: In Bosnien und der Herzegowina gibt es mehr Menschen, die aus verschiedenen Motiven und mit den verschiedensten Ausreden in den Ausbrüchen dieses unbewußten Hasses bereit sind zu töten und sich töten zu lassen, als in anderen an Bevölkerungszahl und Raum viel größeren Ländern, seien es slawische oder nicht.

Ich weiß, daß der Haß, ebenso wie der Zorn, eine bestimmte Funktion in der Entwicklung der Gesellschaft erfüllt: Der Haß gibt Kraft, und der Zorn ist ein Motor. Es gibt veraltete und tief eingewurzelte Ungerechtigkeiten und Mißbräuche, die nur eine Flut von Haß und Zorn ausrotten und fortschwemmen kann. Wenn die Flut zurückgeht und verschwindet, bleibt Platz für die Freiheit und die Erschaffung eines besseren Lebens. Die Heutigen können den Haß und den Zorn besser sehen, weil sie darunter leiden, aber die Künftigen werden nur die Früchte dieser Kraft und dieser Bewegung sehen. Ich weiß das gut. Aber das, was ich in Bosnien gesehen habe, ist etwas ganz anderes. Es ist nicht Haß als Moment der gesellschaftlichen Entwicklung und damit als ein unvermeidlicher Teil des historischen Prozesses, sondern ein Haß, der als selbständige Kraft auftritt und in sich selbst sein Ziel findet. Ein Haß, der den Menschen gegen den Menschen hetzt und dann beide Gegner zugleich in Elend und Unglück stürzt oder unter die Erde bringt. Ein Haß, der wie Krebs im Organismus alles um sich her zerstört, aber am Ende selbst der Vernichtung anheimfällt, denn ein solcher Haß hat ebenso wie die Flamme keine beständige Form und kein Leben aus eigenem. Er ist ein

Instrument des Vernichtungswillens und des Selbstvernichtungstriebs. Er existiert nur in dieser Form und nur so lange, bis seine Aufgabe, die der vollständigen Vernichtung, erfüllt ist.

Ja, Bosnien ist das Land des Hasses. Das ist Bosnien. Doch nach jenem seltsamen Widerspruch, der eigentlich gar keiner ist und sich bei aufmerksamer Betrachtung leicht erklären ließe, kann man ebensogut sagen, daß es wenige Länder gibt, in denen man so viel festen Glauben, so viel erhabene Beständigkeit des Charakters, so viel Zärtlichkeit und leidenschaftliche Liebe, so viel Gefühlstiefe, Anhänglichkeit und unerschütterliche Ergebenheit und so viel Hunger nach Gerechtigkeit finden kann. Unter all diesen Eigenschaften aber verbergen sich in undurchsichtigen Tiefen Stürme des Hasses, ganze Orkane gespannter, gedrängter Haßgefühle, die reifen und auf ihre Stunde warten. Zwischen Eurer Liebe und Eurem Haß besteht dasselbe Verhältnis wie zwischen Euren hohen Bergen und den tausendmal größeren und schwereren unsichtbaren Erdschichten, auf denen diese Berge ruhen. Und so seid Ihr dazu verurteilt, über den tiefen Eruptionsschichten zu leben, die von Zeit zu Zeit gerade von den Funken dieser Eurer Liebe und Eurer leidenschaftlichen und grausamen Gefühle zur Explosion gebracht werden. Vielleicht liegt Euer größtes Unglück gerade darin, daß Ihr nicht einmal ahnt, wieviel Haß in Eurer Liebe liegt, in Eurer Begeisterungsfähigkeit, Eurer Tradition und Eurer Religiosität. Und wie der Boden, auf dem wir leben, unter der Einwirkung der atmosphärischen Feuchtigkeit und Wärme Einfluß auf unseren

Körper nimmt, ihm Farbe und Aussehen verleiht, unseren Charakter, unsere Lebensart und unsere Handlungsweise bestimmt, genauso durchdringt der mächtige unterirdische und unsichtbare Haß, auf dem der bosnische Mensch beruht, ganz unbemerkt und indirekt auch seine besten Taten. Sünden rufen überall auf der Welt Haß hervor, weil sie verzehren und nicht produktiv sind, weil sie zerstören und nicht aufbauen. Aber in Ländern wie Bosnien leben selbst die Tugenden vom Haß. Eure Asketen sublimieren aus ihrer Askese nicht Liebe, sondern Haß auf die Wüstlinge; Eure Abstinenzler hassen die Trinker, und die Trinker nähren einen tödlichen Haß auf die ganze Welt. Jene, die glauben und lieben, hegen tödlichen Haß gegen alle, die nicht glauben oder etwas anderes glauben oder etwas anderes lieben. Der Großteil ihres Glaubens und ihrer Liebe verbraucht sich leider im Haß. (Die meisten bösen und finsteren Gesichter findet man um die Bethäuser, Klöster und Kneipen.) Jene, die wirtschaftlich Schwächere unterdrücken und ausbeuten, verstärken ihre Handlungen noch mit Haß, der die Ausbeutung noch hundertmal drückender und häßlicher macht, und jene, die diese Ungerechtigkeit ertragen müssen, träumen von Gerechtigkeit und von Vergeltung wie von einer rächenden Explosion, die, wenn sie nach ihren Wünschen ausfiele, so mächtig wäre, daß sie den Unterdrückten zusammen mit dem verhaßten Unterdrücker vernichtete. Die meisten von Euch sind schon daran gewöhnt, die ganze Wucht des Hasses gegen jene zu richten, die in Eurer Nähe sind. Eure geliebten Heiligtümer befinden sich regelmäßig hinter dreihundert Flüssen und Bergen, und die Objekte Eures Abscheus und Eures Hasses sind gleich neben Euch, in derselben Stadt, oft nur auf der anderen Seite der Hofmauer. So verlangt Eure Liebe nicht viele Taten, aber Euer Haß geht sehr leicht in die Tat über. Ihr liebt Euer Land, Ihr liebt es glühend, aber auf drei, vier verschiedene Arten, die einander ausschließen, tödlich hassen und oft genug aneinandergeraten.

In einer Novelle von Maupassant gibt es eine dionysische Beschreibung des Frühlings, die mit den Worten endet, die man an solchen Tagen an allen Straßenecken plakatieren sollte: ›Bürger Frankreichs! Es ist Frühling! Hütet euch vor der Liebe!‹ Vielleicht sollte man jeden Bürger Bosniens auf Schritt und Tritt, bei jedem seiner Gedanken und bei jedem seiner Gefühle, selbst der erhabensten, vor dem Haß warnen, vor diesem eingeborenen, unbewußten, endemischen Haß. Denn dieses zurückgebliebene arme Land, in dem Menschen von vier verschiedenen Konfessionen zusammengedrängt leben, bedarf viel mehr gegenseitiger Liebe, gegenseitiger Toleranz als andere Länder. In Bosnien ist aber viel mehr das allgemeine Mißverständnis, das zeitweise in offenen Haß übergeht, beinahe das allgemeingültige Charakteristikum seiner Einwohner. Die Abgründe zwischen den verschiedenen Konfessionen sind so tief, daß es nur dem Haß manchmal gelingt, sie zu überspringen. Ich weiß, daß man mir darauf – und mit einigem Recht – antworten kann, man könne in dieser Hinsicht einen gewissen Fortschritt feststellen; die Ideen des neunzehnten Jahrhunderts hätten auch hier das Ihrige getan, und nach der

Befreiung und der Vereinigung würde dieser Prozeß noch rascher fortschreiten. Ich fürchte aber, das stimmt nicht ganz. (Ich habe, so scheint mir, in diesen paar Monaten die tatsächlich bestehenden Beziehungen zwischen den Menschen verschiedener Konfession und verschiedener Nationalität in Sarajevo ganz gut gesehen!) Man wird auch weiterhin publizieren und bei jeder Gelegenheit sagen: ›Welch Glaubens immer – wir sind Brüder‹ oder ›Nicht wie einer sich bekreuzigt, ist wichtig, sondern wessen Blut in seinem Herzen fließt‹ – ›Sei stolz auf das Deine aber achte das Fremde‹ und ›Die integrale Volksvereinigung kennt weder Unterschiede der Religion noch des Stammes‹. Aber von jeher hat es in den bürgerlichen Kreisen Bosniens genug an lügnerischer Höflichkeit gegeben, an klugem Betrug und Selbstbetrug mit klingenden Worten und leerem Zeremoniell. Dies mag den Haß verdecken, aber es beseitigt ihn nicht und hindert ihn nicht daran, zu wachsen. Ich fürchte, daß unter dem Deckmantel all dieser Maximen in diesen Kreisen alte Triebe und Kainspläne schlummern und daß sie so lange leben werden, bis die materiellen und geistigen Bedingungen des bosnischen Lebens von Grund auf verändert werden. Doch wann wird diese Zeit kommen, und wer wird die Kraft haben, dies durchzuführen? Es wird eines Tages kommen, ich glaube daran. Was ich aber in Bosnien gesehen habe, weist nicht darauf hin, daß man diesen Weg schon eingeschlagen hat. Im Gegenteil.

Ich habe viel darüber nachgedacht, besonders in den letzten Monaten, als ich noch mit dem Gedanken gespielt habe, für immer in Bosnien zu bleiben. Es ist verständlich, daß ein Mensch, dem solche Gedanken durch den Kopf gehen, nicht gut schlafen kann. Auch ich lag unter dem offenen Fenster in dem Zimmer, in dem ich geboren bin. Draußen rauschten abwechselnd die Miljacka und der frühe Herbstwind, der durch die Blätter fuhr.

Wer in Sarajevo die Nacht durchwacht, kann die Stimmen der Nacht von Sarajevo hören. Schwer und sicher schlägt die Uhr an der katholischen Kathedrale: zwei nach Mitternacht. Es vergeht mehr als eine Minute (ich habe genau 75 Sekunden gezählt), und erst dann meldet sich, etwas schwächer, aber mit einem durchdringenden Laut, die Stimme von der orthodoxen Kirche, die nun auch ihre zwei Stunden schlägt. Etwas später schlägt mit einer heiseren und fernen Stimme die Uhr am Turm der Beg-Moschee, sie schlägt elf Uhr, elf gespenstische türkische Stunden, die nach einer seltsamen Zeitrechnung ferner, fremder Gegenden dieser Welt festgelegt worden sind. Die Juden haben keine Uhr, die schlägt, und Gott allein weiß, wie spät es bei ihnen ist, wie spät nach der Zeitrechnung der Sepharden und nach derjenigen der Aschkenasen. So lebt auch noch nachts, wenn alle schlafen, der Unterschied fort, im Zählen der verlorenen Stunden dieser späten Zeit. Der Unterschied, der all diese schlafenden Menschen trennt, die im Wachen sich freuen und traurig sind, Gäste empfangen und nach vier verschiedenen, untereinander uneinigen, Kalendern fasten und alle ihre Wünsche und Gebete nach vier verschiedenen Liturgien zum Himmel senden. Und dieser Unterschied, der manchmal sichtbar und offen ist, manchmal unsichtbar und heimtückisch, ist immer dem Haß ähnlich, sehr oft aber mit ihm identisch.

Diesen spezifisch bosnischen Haß müßte man studieren und bekämpfen wie eine gefährliche und weitverbreitete Krankheit. Ich glaube sogar, daß fremde Wissenschaftler nach Bosnien kommen würden, um hier den Haß zu studieren, genauso wie sie die Lepra studieren, wenn der Haß ein ebenso anerkannter und klassifizierter Gegenstand von Untersuchungen wäre wie Lepra.

Ich habe schon daran gedacht, mich selbst auf das Studium dieses Hasses zu verlegen und so, indem ich ihn analysiere und ans Tageslicht bringe, zu seiner Vernichtung beizutragen. Vielleicht wäre das meine Aufgabe, da ich, obwohl meiner Herkunft nach ein Fremder, in diesem Land, wie man sagt, das Licht der Welt erblickt habe. Ich habe aber nach meinen ersten Versuchen und nach längerer Überlegung eingesehen, daß ich dazu weder Fähigkeit noch Kraft besitze. Von mir würde man, genauso wie von allen anderen, verlangen, mich für eine Seite zu entscheiden, zu hassen und gehaßt zu werden, und das wollte ich nicht. Vielleicht hätte ich mich noch damit einverstanden erklärt, als ein Opfer des Hasses zu fallen, ich kann aber nicht im Haß und mit dem Haß leben, ich kann an ihm nicht teilnehmen. Und in einem Land wie dem heutigen Bosnien ist einer, der nicht zu hassen weiß, oder noch schlimmer: einer, der bewußt nicht hassen will, immer ein Fremder und ein Bastard und oft ein Märtyrer. Das gilt auch für Euch gebürtige Bosniaken und besonders für einen Zugewanderten. – Und so habe ich in dieser Herbstnacht, während ich die verschiedenartigen und verschieden klingenden Turmuhren von Sarajevo gehört habe, den Entschluß gefaßt, nicht in meiner Heimat Bosnien zu bleiben, weil ich hier nicht bleiben kann. Ich bin nicht so naiv, auf der Welt eine Stadt zu suchen, in der es keinen Haß gibt, nein, ich brauche nur einen Ort, in dem ich leben und arbeiten kann, und hier könnte ich das nicht.

Du wirst mit einem Lächeln, vielleicht auch mit Verachtung Deine Redewendung ›Flucht aus Bosnien‹ wiederholen. Dieser Brief wird nicht imstande sein, Dir meine Handlungsweise zu erklären und sie zu rechtfertigen. Es scheint aber, daß es im Leben genug Gelegenheiten gibt, bei denen die alte lateinische Regel gilt: non est salus nisi in fuga. Ich bitte Dich, mir nur dies zu glauben: Ich fliehe nicht vor meiner Menschenpflicht, sondern nur deshalb, um sie ungestört und mit ganzer Kraft ausüben zu können.

Dir und unserem Bosnien wünsche ich in dem neuen nationalstaatlichen Leben alles Glück!

Dein M. L.«

Es vergingen ungefähr zehn Jahre. Ich erinnerte mich selten an meinen Kameraden aus der Kindheit, und ich hätte ihn vollkommen vergessen, wenn der Grundgedanke seines Briefes mich nicht von Zeit zu Zeit an ihn erinnert hätte. Etwa um 1930 erfuhr ich ganz zufällig, daß Dr. Max Löwenfeld in Paris geblieben war, daß er in der Vorstadt Neuilly eine umfangreiche Praxis unterhielt und daß er in unserer Kolonie unter den jugoslawischen Arbeitern als »unser Doktor« bekannt war, der die Arbeiter und Studenten umsonst behandelte und ihnen, wenn es nötig war, auch Medikamente verschaffte.

Es vergingen wieder sieben, acht Jahre. Eines Tages erfuhr ich, wieder durch Zufall, vom weiteren Schicksal dieses meines Kameraden. Als in Spanien der Bürgerkrieg ausbrach, ließ er alles stehen und meldete sich als Freiwilliger zur republikanischen Armee. Er organisierte Verbandsplätze und Lazarette und wurde durch seinen Arbeitseifer und seine Kenntnisse bald bekannt. Zu Anfang des Jahres 1938 war er gerade in einer kleinen Stadt in Aragonien, deren Namen keiner meiner Landsleute richtig aussprechen konnte. Sein Lazarett wurde am hellichten Tag Ziel eines Luftangriffs, und er fiel, zusammen mit fast allen seinen Patienten.

So endete das Leben des Menschen, der vor dem Haß geflohen war.

Die Holzbündel

Gebückt und mit düsterer Miene schob Ibro Solak seinen Handwagen und rief in verschiedenen Tonlagen und auf verschiedene Art:

»Holz! Holz!«

Es war eines jener merkwürdigen Wägelchen ohne Deichsel, eng, länglich und mit zwei Rädern in der Mitte, wie man sie nur bei den Trägern von Sarajevo sehen konnte. Diese Wägelchen wurden von den Trägern nicht gezogen, sondern geschoben. Der Träger stemmt sich gegen die hintere Kante des Wägelchens, bückt sich – mehr oder weniger, je nach dem Gewicht seiner Last – und wenn er mit diesem Wägelchen geschickt umzugehen versteht, kann er darauf eine große Last transportieren, die er mit eigener Kraft gar nicht tragen könnte.

Ibro hatte von der Witwe eines Trägers ein solches Wägelchen gemietet und ging nun damit jeden Morgen zum Geschäft des Paschaga Zildšić. Dort bekam er zwanzig Bündel Brennholz, lud sie auf sein Wägelchen und schob seine Ware durch die steilen und gewundenen Gäßchen der Vorstadt im Nordwesten; er rief von Zeit zu Zeit seine Parole (»Holz«), an der die Bewohner dieser Gegend und die Passanten ihn erkannten.

Zerrissen, unrasiert, unordentlich, abgerissen, mit

dürrem Körper, ungesund rotem Gesicht und blutunterlaufenen Augen, so reichte er den Käufern die Holzbündelchen, ohne sie anzusehen oder irgend etwas mit ihnen zu sprechen. Alten Kundschaften trug er manchmal das Bündel Brennholz auch ins Haus, und manchmal stand er stumm und unbeweglich, wobei er seine bläuliche Unterlippe mit dem ewigen Zigarettenstummel hängen ließ, sah seine Kunden an, als sähe er sie zum erstenmal in seinem Leben und steckte achtlos Papiergeld und Münzen in die Tasche. Je voller seine Tasche wurde, desto leichter wurde das Wägelchen.

Gegen Abend kehrte er zurück und rechnete mit dem Händler ab. Sein Verdienst pro Bündelchen war ein halber Dinar von Paschaga und ein halber Dinar vom Kunden, und das bedeutete dreißig bis vierzig Dinar täglich, je nach Jahreszeit, Wetter und »Händlerglück«, meist aber nach seiner Laune, und Ibros Laune konnte niemand voraussehen, er selbst am allerwenigsten. Sie äußerte sich hauptsächlich in seiner Stimme, mit der er seine ewige Parole wiederholte, und auf der Welt gibt es kein so feines Ohr und keine noch so komplizierte Apparatur, die imstande wären, alle Tonschwankungen und Gefühle zu messen, die Ibro in das einfache, prosaische Wort hineinlegte.

»Holz!«

Wenn er mit seinem Wägelchen aufbrach, schrie Ibro immer schnell und munter, weil er vorher im Gasthaus zwei Zehntel Schnaps getrunken hatte, die ersten zwei Zehntel des Tages, die er mit seinem heutigen Verdienst bezahlen würde. Er schrie sein Holz aus und dachte zugleich an etwas anderes. Seine Gedanken waren eigentlich nur trübe und zusammenhanglose Gefühle, eine endlose Auseinandersetzung mit seiner Vergangenheit, mit sich selbst, mit der Umwelt, wie Ibro sie sah.

Als er vor zweiundfünfzig Jahren im großen Haus des reichen Solak auf der Bjelave geboren wurde, hätte sich niemand träumen lassen, daß dieses Kind eines Tages fremdes Holz auf einem gemieteten Trägerwägelchen durch Sarajevo schieben würde.

Sein Vater war an die Sechzig, das Haus war voller Mädchen – zwei waren von der ersten Frau, vier von der zweiten –, und nun endlich kam der Sohn und Erbe. Seine Geburt wurde mit einer Feier begangen, bei der es so hoch herging, daß die ganze Stadt sich ihrer erinnerte. Es hätte nur noch gefehlt, daß von der Festung die Kanonen schossen. Man kann aber ruhig behaupten, daß seine Kindheit und seine erste Jugend einer ununterbrochenen Feier glichen. Sein Vater ließ ihn auch ins Gymnasium einschreiben, aber es muß offen zugegeben werden, daß Ibro dazu nicht den Kopf hatte. Er war nicht schlimmer und ungehorsamer als die anderen, aber er konnte nie ans Lernen denken. Seine Gedanken schweiften immer in die Ferne. Er verließ die Schule. Er entwickelte sich früh zu einem stämmigen, ansehnlichen jungen Mann, der das Leben an seiner Oberfläche, von seiner leichten und süßen Seite kennenlernte. Er verbrachte seine Zeit auf dem väterlichen Gut und in Sarajevo, mit jenen Beschäftigungen und Vergnügungen, die Sarajevo um 1910 den jungen Leuten zu bieten hatte, die es nach der damaligen Auffassung nicht nötig hatten, die Schule zu besuchen oder einer bestimmten Arbeit nachzugehen. Sein Vater war weich wie Wachs, und sonst gab es niemanden, der ihn von diesem Weg abgehalten und in eine andere Richtung gelenkt hätte. Dabei war das Leben irgendwie neu und ungewöhnlich, wie geschaffen für ihn und seine Kameraden, und nichts war ihm unerreichbar.

»Holz! Holz!«

In Ibros Erinnerung war diese Zeit eine ununterbrochene Herrlichkeit, mit der es aber bald aus war. Im Frühjahr 1914 wurde er eingezogen, und im Sommer brach der Krieg aus. Ibro war an der russischen und dann an der italienischen Front, wo er schwer verwundet wurde. Dann war er lange Zeit Korporal und darauf Feldwebel beim Ersatztruppenteil in Pilisaba in Ungarn. Es war ein schweres und ungewöhnliches Leben, aber auf seine Art auch irgendwie herrlich. Und so ging alles in einem Taumel vorbei, mit Trinken, Kartenspielen, Fröhlichkeit und der Machtfülle des Soldatenlebens, wie in einem Nebel. Es kam und ging vorbei, und er wußte nicht einmal genau, wer gegen wen Krieg führte, noch warum er marschierte, trank, sang und sein Blut vergoß und andere dazu trieb, ihr Blut zu vergießen. 1918 kehrte er zurück, dürr wie ein Finger, blaß, erschöpft von seiner Wunde (wieviel Blut hatte er nur in jenem Graben bei Tolmein gelassen!) und noch mehr von dem ausschweifenden Leben bei der Ersatztruppe. Sein Vater war schon über achtzig und schwach. Seine Mutter war gestorben, seine Schwestern hatten geheiratet. Das Haus verfiel, das Geld schmolz dahin, und das Gut, ihr wertbeständiger, unzerstörbarer Besitz, siechte vor seinen Augen dahin und verschwand wie Rauch. Nur wenn er mit seinen Kumpanen trank, schien ihm, als sei er noch auf dieser Welt, sobald er aber nüchtern wurde, sah er wieder, wie alles sich verschob, zerschmolz und verschwand. Noch während des Krieges hatten sie das Haus in Zagrdšije verkauft, nun verkauften sie auch das zweite, das große Haus auf der Bjelave, und übersiedelten in ein Miethaus. Die Agrarreform hatte ihnen ihre Äcker und Wiesen bei Sarajevo genommen. So fanden sie sich in einer neuen Welt, die voll unangenehmer, unverständlicher Überraschungen war.

»Holz! Holz!«

Sein Vater starb. Ibro begann zu »arbeiten«, wie man das damals nannte, das heißt: zu handeln. Er tat sich mit einem Gärtner zusammen und zog einen Blumenhandel auf. Damals merkte er, daß auch die Blumen stinken konnten, wenn man ständig mit ihnen zu tun hatte. Vergebens wehrte er sich mit Schnaps und Tabak gegen diesen Gestank. Die Ware war empfindlich, und die Kunden waren launisch und unbeständig. Jede Arbeit war schwer, besonders aber die eines Gärtners, und dazu geriet noch alles ins Stocken. Man weiß nicht, wer einem ein Bein stellt, man merkt nur, daß man bei jedem Schritt stolpert und daß man bei jedem dritten niederfällt. So verlor Ibros Leben von Tag zu Tag immer mehr von seinem einstigen Glanz, und Ibro rang, triebhaft und verzweifelt wie ein Ertrinkender, nach ein bißchen Luft. In dem Bestreben, eine Stütze zu finden, heiratete er. Das Mädchen war aus gutem Haus, anständig und liebenswürdig, es brachte aber nur eine kleine Mitgift. Sie bekamen Kinder, die aber alle bald starben. Mit dem Handel ging es nicht weiter, und so brach ihre Blumenhandlung zusammen. Dem Gärtner blieb sein Garten, aber Ibro blieben nur Schulden. Er trat in Gemeindedienste.

Ibro hatte früher nicht gewußt, was die Gemeinde bedeutete und hatte sich auch nie Gedanken darüber gemacht. Aber jetzt, da er von ihr lebte, sah er, wieviel menschliche Qual und Anstrengung sich hinter diesem Wort verbargen.

Eigentlich war seine Arbeit nicht schwer, aber irgendwie unwürdig und erniedrigend. Jedes Wort und jede Bewegung enthielt eine unerklärliche Erniedrigung, eine besondere Schande, die ein Solak spüren mußte, und die nur der Schnaps wegspülen konnte, und das nur für kurze Zeit.

Die Jahre vergingen, und es wurde nicht besser. Nirgends etwas Gutes, nicht einmal im Traum! Er fing schon an, seine Möbel zu verkaufen. Sie ernährten sich kärglich und kleideten sich äußerst bescheiden, und trotzdem konnten sie das Elend nicht verbergen. Von den vier Kindern, die in diesen Jahren kamen, blieb nur eins am Leben, ein Mädchen. Als sie heranwuchs, wurde sie ein schönes Mädchen, bescheiden und gescheit, sie lernte gut und las viel. Mit achtzehn Jahren heiratete sie einen ordentlichen jungen Mann, der in der Tabakfabrik arbeitete, nicht viel älter war als sie und nicht viel reicher als ihr Vater.

Dann starb auch seine Frau. Er blieb allein. Er ließ sich gehen und begann zu trinken. Alle sprachen darüber, sie fragten aber nicht, warum er es tat. Man konnte leicht darüber sprechen. Man entließ ihn aus den Gemeindediensten. Vor Schande freute ihn das Leben nicht mehr. Er hatte nicht einmal genug Geld für ein Gläschen Schnaps, nun begann er aber erst richtig zu trinken, dieses Wägelchen vor sich her zu schieben und Paschagas Holz zu verkaufen.

»Hooolz!«

Jetzt erst begann er sich endgültig von seiner bisherigen Lebensweise zu lösen. Ja, die Leute hatten leicht reden. Aber er fühlte und sah klar, daß alles ganz anders war. Er zog sich nicht von der Welt zurück, nein, Gott behüte! Im Gegenteil: Alles auf der Welt, die toten Gegenstände und die Menschen, ihre Gedanken, ihre Taten und ihre Worte flohen vor ihm und ließen ihn allein im Dunkel, in dem nur noch der Schnaps leuchtete, sang, ihn streichelte und wie eine Blume duftete. Alles andere floh vor ihm, erst allmählich, dann immer schneller und unaufhaltsam, und der Schnaps wurde sein ein und alles.

Seitdem war er wie ein verlorenes Ding außerhalb der Welt. Er verlor sich immer mehr. Nur seine Tochter Šemsa besuchte ihn regelmäßig und unterstützte ihn ein bißchen, obwohl sie ganz am anderen Ende von Sarajevo wohnte, und obwohl es ihr selbst nicht so besonders gut ging. Schön, still und lächelnd kam sie zu ihm wie ein Wesen aus einer anderen Welt. Eine Zeitlang warnte sie ihn und bat ihn, das Trinken zu lassen und sich zusammenzunehmen. Sie sah jedoch bald ein, daß alles vergeblich war, sie besuchte ihn aber trotzdem weiterhin und unterstützte ihn ohne viel Worte und ohne

Vorwürfe. Abends in der Kneipe, wenn jeder Betrunkene mit irgend etwas prahlte, rühmte sich Ibro, in dessen Leben es sonst nicht Schönes und Helles gab, seiner Tochter und seines Schwiegersohns.

»Was für eine Tochter ich nur habe! Und mein Schwiegersohn – Leute, das kann man gar nicht sagen!« lallte er in der Gesellschaft seiner Schnapsbrüder.

Er begoß sein Lob immer mehr mit Schnaps und vergaß bald seine Tochter und seinen Schwiegersohn und auch sich selbst. In diesem Schnapsnebel bemerkte Ibro nicht einmal, womit sich die Leute, die nicht tranken, beschäftigten. So erfuhr er zu seiner Überraschung, daß eines Tages ein neuer Weltkrieg ausgebrochen war.

»Holz! Holz!«

Wahrscheinlich war das so etwas wie ein neues Galizien, oder eine neue Piave-Schlacht oder ein Pilisaba – so dachte Ibro. Nur natürlich für die Jüngeren, nicht mehr für ihn. Doch diesmal war es anders, ganz anders, das fühlte selbst er.

Ibro schob sein Wägelchen und schrie ewig dasselbe Wort, ganz mechanisch, so wie er trank und atmete. So hätte er vielleicht verloren und außerhalb der Welt auch den Krieg hinter sich gebracht, ohne große Veränderungen und Erschütterungen. Aber dann geschah etwas Unerwartetes und Schwerwiegendes, das er nicht begreifen und nicht mit dem Krieg, wie er ihn kannte, in Verbindung bringen konnte. Sein Schwiegersohn wurde verhaftet. Als Ibro sich erkundigen wollte, warum man einen so ruhigen und anständigen jungen Mann plötzlich einsperrte, sagte man ihm lediglich: Politik.

Und der Mann, der ihm das sagte, zuckte nur die Achseln, schloß die Augen und legte den Finger an den Mund. Ibro machte dasselbe, obwohl er gar nichts verstand. Sein Schwiegersohn blieb drei Wochen im Gefängnis und wurde dann entlassen. Zwei Tage später floh er in den Wald. Gleich darauf wurde Šemsa verhaftet. Als Ibro dies erfuhr, ließ er sein Wägelchen stehen und machte sich sofort auf den Weg, sich zu erkundigen. Von einem Wächter, einem Muselmanen, dem er aber bei seinem Leben schwören mußte, ihn nicht zu verraten, erfuhr er, daß seine Šemsa schon am zweiten Tag beim Verhör umgebracht worden war, wahrscheinlich durch Zufall: Von einer einzigen Ohrfeige war sie umgefallen und nicht mehr zu sich gekommen. Hatte die Ohrfeige so unglücklich getroffen, oder war Šemsa so zart und fein gebaut gewesen? (Ach ja, er wußte es gut, sie war schlank, feingliedrig und empfindlich, nach ihrer Mutter, nicht nach den Solaks, die hart waren und feuriges Blut hatten. Sie war wie eine Blume.)

»Holz! Holz!«

Er brauchte viel Schnaps, um das zu verschweigen und zu vergessen. Aber Ibro blieb seinem Schwur treu. Er verriet sich nicht einmal im Rausch, und er trank immer mehr und aß immer weniger. Für Augenblicke meldete sich in ihm der Schmerz des Vaters, der vergessene Stolz der Solaks und der Wunsch nach Rache, aber das alles verlor sich wie ein Schrei in seinem ewigen Ausruf, der durch die leeren Gassen hallte, und versank schließlich zusammen mit den Greueln des Krieges in Schnaps und in trübem Vergessen.

Jetzt hatte er niemanden mehr, der ihm nahestand, niemanden, der sich um ihn gekümmert hätte. Er verfiel vollkommen, ging zerrissen und barfuß umher; alles, was er verdiente, ging für Schnaps auf.

Schließlich ging auch dieser Krieg zu Ende. Er bemerkte es wie durch einen Nebel. Eine neue Armee kam, die Partisanen, »eine gute Armee«, wie die Frauen in der Nachbarschaft sagten. Der Sohn eines Nachbarn war Partisan. Von ihm erfuhr Ibro, daß sein Schwiegersohn als großer Held gefallen war und daß man sein Bild veröffentlicht hatte. Am nächsten Tag zeigte er ihm das Bild. Obwohl Ibro Tränen in die Augen schossen, erkannte er doch seinen Schwiegersohn auf dem Bild: Ja, das war er, er war nur größer, stärker und schöner als früher, ein richtiger Offizier! Sogar Orden hatte er auf der Brust. Ibro fühlte, wie ihm der Adamsapfel zitterte, und der junge Partisan, der Sohn des Nachbarn, stand vor ihm, liebenswürdig, aber irgendwie weit weg, und erzählte ihm immerzu von seinem Schwiegersohn, dem Helden, und dann vom Leben, von der Arbeit, und wie schädlich es sei, zu trinken. Warum erzählte er ihm das? Wieso Trinken?

In der Kneipe sagten ihm die Leute, daß die Zeitungen über seine Šemsa schrieben. Er verstand es nicht richtig, aber er weinte, unterdrückt, mit zusammengebissenen Zähnen, und schluckte die Tränen zusammen mit dem Schnaps hinunter. Und wieder vergaß er alles und schob sein Wägelchen. Er mußte verdienen, für Schnaps, Tabak und auch – für Brot. Mit solchen Gedanken ging Ibro Solak bis zum Marienschloß. Dort überquerte er die

Hauptstraße, um in die steilen Gäßchen zu gelangen, die so altmodische Namen trugen wie: Magribija, Odobašina und so weiter. Auf der Hauptstraße zog ein Trupp Soldaten vorbei und sang. Ibro blieb stehen, um ihnen zuzuhören. Auch sein Schwiegersohn war Soldat und Offizier gewesen. Er hatte einen Orden getragen, und sein Bild war abgedruckt worden. Von der anderen Seite kam ein Trupp junger Leute in militärischer Formation. Auch sie sangen. Er kannte ihr Lied nicht, er wußte nicht, wohin sie gingen und warum, er wußte aber, daß auch seine Šemsa zu dieser Jugend gehört hatte. Davon war in der Zeitung die Rede, die Leute hatten es gelesen, und auch, daß sie einen Märtyrertod gestorben und die Lebensgefährtin eines Helden gewesen war. Es stand auch darin, daß sie ein wunderbares Herz gehabt und daß sie an einem großen Werk mitgearbeitet hatte. Sicherlich schrieb man nicht einmal genug über sie, denn sie war auch schön, und das sagten sie nicht. Sie war eine wahre Sultanin! Und ihr Herz hatte er am besten gekannt. Sie hatte mit ihrem Blick alles gestreichelt, nicht nur ihren unglückseligen Vater, sondern alles Lebendige. So war sie gewesen!

»Hooolz!«

Der Trupp der Jugendlichen ging vorbei. Man hörte noch eine Zeitlang ihren Gesang. Hinter ihnen erschien ein neuer Trupp Soldaten. Ihre Lieder erreichten einander, die Worte vermischten sich, und die Melodien gingen ineinander über. Alle um ihn her sangen und gingen fröhlich irgendwohin, und sie alle mußte jemand führen. Und alles verlor sich, irgendwohin, weit weg von ihm.

Er verstand nichts und fühlte nichts. Nur Schmerz in der Hüfte; wenn der Südwind wehte, spürte er immer einen dumpfen Schmerz in der einstigen Wunde, die er bei Tolmein davongetragen hatte. Doch dieser Schmerz erinnerte ihn an nichts, nur an Schmerz. Und doch wußte er das eine: er hatte eine Tochter und einen Schwiegersohn gehabt, die zu ihm gehörten. Und während er sein Wägelchen in die erste Gasse schob, überkam ihn der Wunsch laut hinauszuschreien: »Was für eine Tochter ich gehabt habe, und was für einen Schwiegersohn, Leute, das kann man einfach nicht sagen!«

Und er schob sein Wägelchen hastig vorwärts, hob den Kopf und rief heiser:

»Holz!«

Von einem Fenster im ersten Stock rief ihm eine junge Frau zu, er solle ihr zwei Bündelchen hinaufbringen. Ibro lehnte es ohne zu überlegen ab, stolz und verbittert.

»Bring sie mir herauf! Ich gebe dir einen Dinar dafür!«

»Ich bring sie niemandem in die Wohnung, nicht einmal für tausend Dinar! Wenn du Holz haben willst, komm herunter und hol es dir!«

Die Frau rief ihm spöttisch und boshaft etwas nach, aber er hörte es nicht mehr, sondern schob mit dem ganzen Körper und mit ganzer Kraft das Wägelchen bergauf und schrie, so laut er konnte:

»Holz! Hooolz!«

Die Autobiographie

Es geschah vor einigen Tagen. Im nordöstlichen Teil des Landes, wie es in den Wetterberichten heißt. Man feierte ein dreihundertjähriges Jubiläum, es war eine jener kulturellen Feiern, wie die Leute in dieser Gegend sie so schön zu veranstalten wissen. Alles war in Ordnung, ohne viel Reden und ohne Langeweile. Eine Festsitzung, ein Konzert, ein gemeinsames Abendessen. Ich fühlte mich wohl, sogar ein bißchen in gehobener Stimmung. Die Vergangenheit, die wir feierten, erschien mir deutlicher und freundlicher, als es bei mir gewöhnlich der Fall ist, und die Gegenwart war erfreulich, von Arbeit erfüllt und schön, die Leute um mich waren gescheit und unternehmungslustig. Und die Zukunft übertraf die Gegenwart noch, in jeder Hinsicht. Immer wenn der Mensch vollkommen zufrieden ist, mit sich selbst, mit seiner Umgebung, mit dem, was war, und mit dem, was sein wird, entsteht für ihn ein gefährlicher Augenblick, eine vollständige Abrüstung der notwendigsten, minimalen Vorsicht, die zum Bestehen und zur Erhaltung jedes Lebewesens gehört. In einem solchen Augenblick der Euphorie, wenn man das Bedürfnis hat, zu jedermann liebenswürdig und offenherzig zu sein, stoßen einem unsichtbare kleine und große Unannehmlichkeiten zu.

In meiner guten Stimmung sprach ich mit jedem, antwortete auf alle Fragen und nahm jedes Thema auf. Gegen Ende des Abends trat ein Mann auf mich zu, den ich bisher nicht bemerkt hatte, und der soeben angekommen zu sein schien. Er tauchte irgendwoher auf wie jene dreizehnte Fee im Märchen, die nicht eingeladen war und nun kam, um sich zu rächen.

»Ich bin Nikolić.«

Sie werden aus eigener Erfahrung wissen, daß es bei uns Leute gibt, zumal in kleineren, abgesonderten Milieus, die ihren Namen aussprechen, als sei es der Name einer weltbekannten Firma. »Ich bin Nikolić«, sagen sie und sprechen den Namen so aus, als sei dieser Nikolić der einzige auf der Welt und als müßten ihn alle Leute kennen, wenigstens dem Hörensagen nach, diesen einmaligen Namen, obwohl niemand seine ganze gewichtige Bedeutung erfassen konnte.

Da ich weder Verwunderung noch freudige Überraschung äußerte, huschte über sein Gesicht ein leichter und strenger Schatten der Mißbilligung. Er drückte mir fest die Hand, sah mich bedeutend, vertraulich und ein bißchen vorwurfsvoll an und zog mich gleich zur Seite.

Er war der Vorsteher des Bezirksgerichts, jetzt in Pension. Er war klein, grauhaarig, altmodisch und beinahe armselig angezogen, aber sauber und gut rasiert. Seine Haltung war würdig und traurig-feierlich, wie bei einem Menschen aus bürgerlichen Kreisen, der sich anschickt, Beileid auszusprechen oder entgegenzunehmen. Er hatte große, knotige Greisenhände, deren Haut grau war und sich schälte, wie bei den Chirurgen, die ihre Hände oft mit scharfer Seife und einer harten Bürste waschen müssen. Der ganze Mann wirkte nach der Farbe seiner Haut, seines Anzugs, seines Haars und seiner Augen graugrün, und diese seine Hände waren immer zusammengelegt, entweder nur mit den Handflächen oder gefaltet, wie es bei Menschen vorkommt, die auf der Welt vergeblich Halt suchen und, da sie ihn nicht finden können, ihre eigene Hand ergreifen. Er hatte grün-blaue helle Augen, die abwechselnd lächelten und streng blickten, Augen, die man bei manischen Menschen findet, und die eher mit ihren Blicken etwas mitteilen als betrachten und etwas über den Gesprächspartner erfahren wollen.

Er wolle, so sagte er, mit mir sprechen. Er habe seine Autobiographie geschrieben – dabei senkte er seine Stimme und warf einen strengen und mißtrauischen Blick auf seine Mitbürger, die in Gruppen herumstanden und laut miteinander sprachen –, die er veröffentlichen wolle. Es sei ein umfangreiches Werk, in dem er sein ganzes Leben beschrieben habe, und dieses Leben sei voller interessanter Ereignisse, Reisen und Begegnungen gewesen. Es beginne schon mit dem ersten Balkankrieg, an dem er als Freiwilliger teilgenommen habe; er sei nach Serbien gegangen und habe sich dort gemeldet. Sein Manuskript enthalte den ganzen Ersten Weltkrieg, viele nationale und soziale Probleme, alles mit statistischen Unterlagen, originellen Kommentaren und Beobachtungen, die er an Ort und Stelle gemacht habe. Es seien darin auch seine literarischen und wissenschaftlichen Pläne enthalten, die er weder verwirklichen noch veröffentlichen habe können, wegen der Verhältnisse und der

Enge, in der er lebe. Viele sehr angesehene Leute hätten erklärt, daß man diese Autobiographie jedenfalls einem Verlag einreichen müsse.

Ich gratulierte ihm und riet ihm, die Sache bald drucken zu lassen. Er sah mich darauf an wie einen Mann, der nicht wußte, wovon er sprach.

»Darüber eben wollte ich mit Ihnen sprechen. Sie wissen doch, in dieser Umgebung geht das nicht. Die Leute haben dafür kein Verständnis.«

In meiner heiteren und gelösten Stimmung ermunterte und lobte ich ihn weiter und gab der Hoffnung Ausdruck, daß sein Werk bald erscheinen würde, und der Meinung, daß es unbedingt erscheinen müsse.

»Nein, nein. Unsere Umgebung hat dafür kein Verständnis.«

Bei uns beklagen sich viele Leute über ihre »Umgebung«, und das nicht ohne Grund, aber es beklagen sich so viele, und so oft, daß das Wort Umgebung angefangen hat, seinen eigentlichen Sinn zu verlieren und nun jedem einzelnen zur Erklärung seiner Mißlichkeiten dient, etwa so wie das Wort Satanas im Mittelalter.

Während ich darüber nachdachte, bemerkte ich, daß der Mann vor mir nun nicht mehr die Haltung eines Bittstellers einnahm, sondern, während er noch immer von der Umgebung redete, seinen Zeigefinger auf meine Brust drückte, mich ansah und mit mir sprach, als habe er vor sich einen Schüler, der alle Bedingungen erfülle, Primus zu werden, die nötigen Anstrengungen hierzu aber vermissen lasse.

»Da könnten und müßten Sie mir helfen, nicht meinetwegen, sondern wegen der Sache selbst. Wenn Sie es einmal gelesen haben, werden Sie selbst davon überzeugt sein. Sie könnten dann auch leicht einen Verleger finden.«

Ganz ernüchtert begann ich mich zu verteidigen. Doch der Richter sprach weiter, leise und immer beharrlicher, als wolle er mich mit seinen Worten auf der Stelle festnageln.

»Ich bitte Sie, mein Manuskript zu lesen. Gerade Sie müssen es lesen. Ich bin fest davon überzeugt, daß Sie später, sobald Sie sehen, worum es sich handelt, von selbst Mittel und Wege suchen werden, die Sache zu veröffentlichen, denn das ist Ihr Buch. Für solche Leute wie Sie habe ich es geschrieben.«

Zuerst war ich nur verwirrt, aber mit der Zeit begann ich mich unbehaglich zu fühlen. Es waren noch nicht einmal zehn Minuten seit dem Beginn unseres Gesprächs vergangen, aber wir waren schon weit von den ersten höflichen und verlegenen Worten des Richters entfernt, wie etwa diese: »Verzeihen Sie ... entschuldigen Sie bitte, daß ich gerade Sie ... Ich möchte Sie keineswegs ...« Obwohl seine Haltung noch immer höflich, ja beinahe untertänig war, stand in seinen Augen strenge, vorwurfsvolle Kälte. Es sah fast so aus, als hätte ich etwas unterlassen, meine Pflicht vergessen und als sei ich schuldig, nichts unternommen zu haben, um dieses Buch drucken zu lassen. Da unterbrach und trennte uns einer der Gastgeber und führte mich zu einer größeren Gesellschaft, die an einer langen Tafel saß. Der Richter entfernte sich geradezu beleidigt und zog sich in eine

Ecke zu einem großen Kachelofen zurück. Dort, zwischen der grauen Wand und dem grünen Ofen, selbst auch grau und grünlich, ähnelte er einer vorsichtigen, aber lebhaften Spinne, die große Fähigkeiten zur Mimikry besaß. Ehe er jedoch weggegangen war, hatte er mir noch einen langen, strengen und bedeutsamen Blick zugeworfen, der in stummer Verschwörersprache etwa besagte: »Jetzt wissen Sie, was die anderen nicht wissen und nicht begreifen, Sie wissen also auch, was Ihre Pflicht ist. Das ist eine sehr wichtige ernste Sache. Sehen Sie zu, wie Sie vorankommen, damit Sie später nichts zu bereuen haben.«

Der gutmütige, rosige und dickliche Mann, der unser Gespräch unterbrochen hatte, fragte mich, ob mir der Richter von seiner Autobiographie erzählt habe. Alle anderen sahen sich darauf an und begannen zu lachen.

Ich blieb noch eine Zeitlang in der Gesellschaft, aber die gute Stimmung dieses Abends war mir verdorben. Es war nichts Besonderes geschehen, eine Kleinigkeit, doch fühlte ich mich unbehaglich wie einer, dem ein Stäubchen ins Auge gefallen ist.

Ich schlief schlecht und fuhr am nächsten Tag schon früh ab.

Einige Tage nach meiner Rückkehr nach Belgrad bekam ich einen eingeschriebenen Brief. Ohne den Poststempel anzusehen, erriet ich, woher und von wem er kam. An den ersten Buchstaben dieser seltsamen Handschrift schon glaubte ich die knotigen, grauen, ausgelaugten, gefalteten Hände des Richters zu sehen.

Der Richter drückte in seinem Brief Verwunderung

darüber aus, daß er noch keine Nachricht von mir bekommen habe, er sei aber sicher, schrieb er, daß ich die Bedeutung seines Manuskriptes richtig verstanden habe und zweifle nicht daran, daß ich alles Nötige zur Drucklegung seines Buchs veranlaßt habe. »Sie können dies nämlich«, schrieb er, »und Sie werden sich damit nicht nur einen bescheidenen und zurückgezogenen Geistesarbeiter verpflichten, sondern auch künftige Geschlechter, wenn Sie es nicht, wie so viele andere, an der nötigen Achtung fehlen lassen vor dem Lebenswerk eines Menschen, der nur scheinbar unbekannt und uninteressant ist.«

Dem Brief waren einige Blätter beigelegt, auf die der Inhalt der Autobiographie getippt war. Es waren die Überschriften aller Kapitel. Das erste Kapitel, in dem wahrscheinlich die Geburt des Autors beschrieben wurde, trug den Titel: *Es erschien kein Komet, und die Kanonen wurden nicht abgefeuert, aber trotzdem ...* Daran reihten sich weitere Kapitel mit seltsamen Überschriften: *Eine gewöhnliche Kindheit, die gar nicht so gewöhnlich war; Gottes Geist und Volkes Hand; Die Geschichte zeigt ihr Gesicht; Die ersten Akkorde der Tragödie; Das Blut; Die Unschuldigen werden verfolgt, die Schuldigen belohnt; Der Anteil am Leid – das Maß für die Größe; Masken, Masken!; Die Freiheit fordert und findet das Ihre, Blut, Blut!; Die Tragödie der Welt; Meine Versetzung; Der sagenhafte Held Obilić unter anderem Namen; Alle Wege röten sich vom vergossenen Blut; Stimme aus dem Dunkel; Der Namenlose trägt die unsichtbare Last der Welt; Mit Hannibal und Suwarow; Tolstoi kommt mir entgegen;* und so ging es weiter bis zum letzten Kapitel, das den Titel *Kundmachung* trug. 26 Kapitel und nur 860 Manuskriptseiten!

Ich wußte nicht, was ich mit dem Brief anfangen sollte. Ich überlegte, ob ich ihm antworten sollte, und wie. Nachts im Bett dachte ich darüber nach, wie ich dieser Autobiographie, von deren Existenz ich noch vor zehn Tagen nichts gewußt hatte, die auch heute unnütz war, und für die ich schließlich, selbst wenn ich wollte, nichts tun konnte, entrinnen sollte. Von Tag zu Tag schob ich die Antwort hinaus. Nach etwa zehn Tagen kam ein neuer Brief. Er begann mit einem Vorwurf. Der Richter wußte nicht, was er von mir halten sollte. Er weise den Gedanken weit von sich, daß ich dem Allgemeinwohl und den höheren Interessen des Volkes und der Menschheit gleichgültig gegenüberstehe, aber mein Schweigen zwinge ihn zu der Annahme, daß ich genauso sei wie die anderen, die ein Werk, das im engsten Kontakt mit den wichtigsten Ereignissen unseres Jahrhunderts und dem menschlichen Leid entstanden sei, weder lesen noch sein Erscheinen fördern wollte. Er könne und wolle auch nicht daran glauben und erwarte nun zuversichtlich meine Antwort.

Was sollte ich tun? Der Mensch ist schon so: Er läßt sich alles sagen, nur nicht, daß er so sei wie alle anderen. Es ist dumm, aber es ist so. Und da ich nicht so sein wollte wie alle anderen, antwortete ich ihm, so gut ich konnte. Ich empfahl dem Richter, seine Autobiographie dem Verlag zu senden, bei dem meine Bücher erscheinen, gab ihm die genaue Adresse, den Namen des Direktors und versprach ihm, mich für das weitere Schicksal seines Manuskripts zu interessieren.

Nach drei Tagen bekam ich seine Antwort. Der Richter bedankte sich bei mir, erklärte mir aber, daß er die Gepflogenheiten in den Verlagen gut kenne. Sie seien überall gleich. Die Lektoren ließen die Manuskripte monate- und jahrelang ungeprüft liegen und schickten sie dann ungelesen zurück. Das unglückliche Schicksal seines Buches bestand gerade darin, daß die meisten Leute es nicht lesen wollten und daß jene, die es gelesen hatten, keine Neigung zeigten, es zu drucken. Das sei aber im übrigen natürlich, weil ein Werk, das nicht nur die Tragödie eines Lebens, sondern die Tragödie einer ganzen Generation, ja, eines ganzen Volkes enthalte, auch selbst ein tragisches Schicksal haben müsse. Er habe sich damit schon längst abgefunden, doch erwarte er von außerordentlichen, ihm verwandten Seelen, sein Werk zu begreifen und in sich aufzunehmen. Einen solchen Menschen und eine solche Seele sehe er in mir. »Sie schulden dies nicht mir und nicht meinem Werk, sondern sich selbst!« schloß der Richter seinen Brief.

Zorn, Reue und Verbitterung kochten in mir. Ich war böse auf diesen unbekannten, offenbar manischen Menschen, der mich so frech und aufdringlich zu seinem Mitarbeiter und Schuldner machte, noch mehr aber auf mich selbst und auf meine allzu liebenswürdige Bereitschaft. Zuerst wollte ich ihm schreiben und ihn zur Vernunft bringen, dann gab ich es aber auf und überließ alles der Zeit und dem Schweigen.

Die Zeit verging, und ich schwieg.

Ich schwieg, aber der Mann mit der Autobiographie schwieg nicht. In unregelmäßigen Abständen kamen Briefe von ihm. Er wollte mich aus meiner Totenstarre wachrufen, bat mich untertänig und flehte mich an, dann überhäufte er mich mit bitteren Vorwürfen. »Ich sehe, Sie haben mich verlassen und gehen mit der großen Masse. Das tut mir weh, es verbittert mich, es überrascht mich aber nicht. Mein Lebensweg ist dunkel und hart, und es ist nur natürlich, daß niemand lange darauf ausharren kann, auch Sie nicht.«

Ich antwortete nicht. Ich begann mich schon an dieses Elend, das ich mir so unvorsichtig und leichtfertig aufgehalst hatte, zu gewöhnen. Alle zehn Tage brachte mir die Post einen auf dem mir gut bekannten, vor Alter vergilbten Papier geschriebenen Brief. Wie ein Verurteilter schnitt ich diese Briefe auf und las sie, doch ihre Eintönigkeit begann mich zu ermüden, und ich fing an, sie immer schneller und oberflächlicher zu lesen und ganze Absätze zu überspringen. Den letzten Brief warf ich ungelesen in den Papierkorb. Zwei Tage später kam in aller Frühe der Mann mit der Autobiographie zu mir hereingestürzt. Mit seinem altmodischen Koffer (er kam geradewegs vom Bahnhof), seinem Wintermantel von altmodischem Schnitt und mit seinem wollenen Schal glich er dem Verwandten aus der Provinz und dem Reisenden des neunzehnten Jahrhunderts.

Langsam und umständlich legte er ein Kleidungsstück nach dem anderen ab: den Wintermantel, die Galoschen, den Schal, die Handschuhe, und verteilte sie im Zimmer, als bereite er sich darauf vor, bei mir zu überwintern. Dann setzte er sich nieder, sah mich mit seinem unangenehm beharrlichen Blick gerade und lange an und erklärte, er sei gekommen, um die Sache endlich ins reine zu bringen.

Das Gefühl versäumter Pflicht und unbeglichener Schuld, das nach jedem neuen Brief des Richters in mir immer stärker geworden war, dieses sinnlose, unlogische, aber quälende Gefühl, wuchs sich nun in mir zur Angst aus. Die Angst verwandelte sich sogleich in Scham, und die Scham in Verbitterung und Zorn über diesen Wirrwarr unverständlicher und ungesunder Gefühle. Ich richtete mich auf und sah böse drein, entschlossen, diese dumme Beziehung auf ein normales Maß zu bringen und die Sache ein für allemal abzuschließen.

Mein früher und unerwarteter Gast begann sich zu entschuldigen und um Vergebung zu bitten. Da ich aber meine Haltung beibehielt und weiter schwieg, stürzte er sich mit verzweifelter Entschlossenheit auf seinen kleinen Koffer und begann mit schnellen Bewegungen ein großes Bündel herauszuzerren. Zwei harte Pappendeckel, die mit Bändern und Schnüren zusammengebunden waren, kamen zum Vorschein, der Mann löste die Verschnürung mit seinen knotigen Fingern und holte ein schweres Manuskript hervor, wie ein Kind aus den Windeln.

Ich beobachtete ihn voll Angst. Es schien mir, als sei nicht ein Mann, sondern eine ganze Karawane von Schuften und Gewalttätern in mein Zimmer eingebrochen und gehe nun daran, ihre seltsame Ware auszupacken, und dränge mich dabei mit jeder Bewegung immer mehr aus meinem Zimmer hinaus. Ich wollte, was ich sonst nie tat, den Mann anschreien, ich stand aber nur unbeweglich und stumm, wie betäubt, da und hörte, wie seine heisere Stimme mir versicherte, daß er sich kurz fassen würde.

Er sah mich wortlos und bewegungslos dastehen, in starrer Abwehr, die manchmal besser wirkt als der lauteste Widerstand und Protest, senkte seine Stimme und änderte den Ton. Er begann sich wieder zu entschuldigen, beklagte sich und bat.

In meiner Verbitterung bemerkte ich nicht einmal, wie der alte Mann immer näher an mich heranrückte und sein Gesicht dem meinen näherte. Ich fuhr erst zusammen, als die grauen großen Hände, deren Finger zu einem phantastischen Knoten verflochten waren, wie die Wurzeln eines tropischen Baums, meine Brust beinahe erreicht hatten. Ich trat zurück, aber der Richter folgte mir mit einem unbemerkten Schritt, als sei er an mich gebunden. Seine Knie waren gebogen, er zitterte und knickte immer mehr ein. Ich hatte Angst bei dem Gedanken, daß er vor mir niederknien würde. Da er kleiner war als ich, sah er mich von unten herauf an und sprach ununterbrochen.

Der scharfe Ton seiner Briefe und jene geschäftige und selbstbewußte Sicherheit, mit der er vorhin über die Schwelle meines Zimmers getreten war, waren verschwunden. Seine Stimme wurde heiser, tief und riß, und seine Augen wechselten die Farbe und wurden heller. Mit Grauen dachte ich daran, daß der bisher so ungeduldige und harte Mann zu weinen anfangen würde. Ich konnte es nicht glauben. Dunkle Sturmesschatten und feuchter kristallener Widerschein wechselten noch mehrmals in diesen Augen, und erst dann lösten sich aus beiden Augenwinkeln tatsächlich beinahe gleichzeitig zwei dünne, armselige Tränen und rannen das Gesicht hinunter, aber die trockene Haut saugte sie sofort auf.

Ich setzte mich wie gefällt und forderte mit letzter Kraft den alten Mann auf, mir gegenüber Platz zu nehmen. Ich hatte in meinem Leben schon viele menschliche Schicksale sich vor mir ausbreiten sehen, ich hatte viele weinende Augen gesehen, ich hatte schon längst gelernt, daß es eigentlich keine ganz verlogenen Tränen gibt, und daß wir gewöhnlich nur jene Tränen für verlogen halten, deren Quelle uns unbekannt ist, oder deren Ursache wir nicht erkennen wollen. Der Mann sprach und flehte mich an, nicht gleichgültig zu bleiben und so leichtfertig über seinen Fall hinwegzugehen, denn sein Fall, sagte er, sei nicht gewöhnlich. Es handle sich um eine große Frage.

Dann gab er es auf, weitschweifig von Ideen und Theorien zu sprechen und begann, mir sein Leben zu erzählen, von seiner frühen Kindheit, die weder leicht noch fröhlich war und von seinem Vater, der ebenso seine Selbstbiographie geschrieben hatte.

»Er war ein kleiner Beamter auf einem großen gräflichen Gut, ein schwächlicher, unansehnlicher Mann, der Bücher liebte, viel las und von anderen, höheren und schöneren Dingen träumte, als die es waren, mit denen er sich abgeben mußte. Er hatte in nichts Glück, auch nicht in der Ehe. Sein einziger Wunsch war, seinem einzigen

Sohn eine Ausbildung zu geben. Kaum kam ich aber ins Gymnasium, wurde mein Vater krank und starb: Es war während der Sommerferien. Mager und gelb schleppte er sich in diesem Sommer schwer durch das leere Haus. Meine Mutter war schon früher von zu Hause weggegangen, war aber immer wiedergekommen. Aber schon einige Monate zuvor hatte sie ihn endgültig verlassen. Eines Morgens, einige Tage ehe er starb, trug er mir auf, in dem großen Herd, der seit Mutters Weggang nicht mehr geheizt worden war, Feuer zu machen. Ich tat es, und dann sah ich, wie er ein großes, dickes, steif gebundenes Heft vom Format der Kontobücher brachte und vergeblich versuchte, es durch die Ofentür durchzuschieben. Er befahl mir, die Ringe von der Platte zu heben, weil er selbst schon zu schwach war, das zu tun. Ich entfernte die Ringe, einen nach dem anderen, und er schob das Heft durch die Öffnung ins Feuer. Darauf brach er zusammen, sodaß ich ihn beinahe in sein Bett tragen mußte. Erst als dieses Heft verbrannt war, sagte er mir, es sei sein Tagebuch gewesen, eine Art Biographie und Abrechnung mit der Welt und den Menschen, ein ganzes Buch, aus dem man klar ersehen könne, daß er nicht der gewesen war, als der er erschienen war: ein kleiner, unbedeutender Mann, den man im Büro unterschätzte und den seine Frau voll Verachtung verlassen hatte. Er starb schon am nächsten Tag und sagte mir mit letzter Kraft: ›Hungere, aber mach die Schule fertig.‹ Ich folgte seinem Wunsch. Ich ging in die Schule, ich absolvierte das Gymnasium und die juridische Fakultät und machte etwas aus meinem Leben. Und dieses mein Leben ist hier, zwischen diesen Deckeln. Ich habe eigentlich nicht gelebt, sondern nur Material für meine Biographie geliefert. Alles, was ich gedacht, geplant und getan habe, geschah nicht meinetwegen, sondern meiner Biographie wegen, für sie. Sie hat mein Leben aufgegessen und ausgetrunken. Mein ganzes Leben hab ich keinen sorglosen Tag und keinen schmackhaften Bissen gekannt. Ich lebte ohne Alkohol, ohne Tabak, ohne Frauen und ohne Geselligkeit. Ich blieb ohne eigenes Heim und ohne die Freuden der Familie. Die Zurückhaltung und die Abstinenz der Schülerjahre pflegte ich weiter, bis sie sich zu einer Lebensreligion verwandelten, sodaß ich auch später, als ich etwas besaß und mir so manches hätte gönnen können, mich nicht gehen ließ. Ich nahm aber in Gedanken, durch Bücher und auch im wirklichen Leben an allem, was menschlich ist, teil, an allem, was die Menschen erhebt und ihr Dasein auf dieser Erde verschönern kann. Und das alles habe ich in meiner Biographie niedergelegt. So eintönig und karg mein Leben war, so reich ist meine Biographie an Erlebnissen, Wechselfällen, großen Ereignissen, kühnen und glänzenden Perspektiven. Ich lebte mit der Feder in der Hand. Und jetzt soll ich so bleiben, ohne das Leben und ohne mein Werk? Ist das gerecht, frage ich Sie?«

Er sah mich mit seinen wie frisch gewaschenen Augen traurig und fragend an und stellte mir immer herzlicher und lebhafter Fragen, gab sich selbst Antwort darauf und verlangte von mir, ebenso darauf zu antworten, gleich klar und unzweideutig.

»Es stellt sich die Frage, warum so viele Bücher gedruckt werden, gute und schlechte, wichtige und unwichtige, und mein Buch, welches das Leben bedeutet, nicht! Sie empfehlen mir Verleger und Redakteure, ich glaube, Sie ahnen nicht einmal, wie nutzlos und grausam Ihr Rat ist! Denn sie alle sind gegen mich, und noch schlimmer: sie sind gegen mein Werk. Und nicht nur einer, und nicht zufällig. Das ist eine Verschwörung, mein Herr! Ja, eine stillschweigende, gemeine Verschwörung. Ihnen kommt das vielleicht seltsam und unglaublich vor. Auch ich habe zu Anfang so gedacht. Warum, dachte ich, sollten sie gerade gegen mich sein, einen bescheidenen, zurückgezogenen, arbeitsamen Menschen, der für sich selbst nichts verlangt, sondern nur seine Pflicht zu erfüllen wünscht? Und worin besteht diese meine Pflicht? Bei allen großen, richtigen Philosophen und Schriftstellern dieser Welt lebt die Idee von der Größe des Menschen, von der Wichtigkeit und Schönheit seiner Berufung auf dieser Erde, es gibt aber auch dunkle Kräfte, die diese Ideen bekämpfen und zerstören, wo sie nur können. An diesem Kampf nehmen, mehr oder weniger, bewußt oder unbewußt, alle Menschen und alle Institutionen der Welt teil. Dieser Idee von der Größe des Menschen habe auch ich meinen Beitrag zu geben, meine Autobiographie, die ein Argument mehr für die Größe des Menschen und für seine Berufung auf dieser Erde ist. Sie ist vielleicht nur ein bescheidener Beitrag, aber ein Beitrag, den nur ich leisten kann. Wenn man mich zum Schweigen bringt und mein Werk für immer im Dunkeln bleibt, wird die Idee von der Größe des Menschen um ein Argument ärmer sein, und diesen Schaden wird niemand mehr gutmachen können. Jetzt verstehen Sie vielleicht, worum es geht. Auch ich habe lange gebraucht, um dies zu begreifen: Es existiert eine Verschwörung, mein Argument zum Verstummen zu bringen und es zu begraben. Und Sie schicken mich zu Verlegern und Redakteuren! Die stecken doch alle unter einer Decke, das ist offenbar! Zu Anfang, als sie noch nicht gewußt haben, worum es geht, und noch keine Absprachen untereinander getroffen haben, haben sie mich noch empfangen. Sie haben mir freundlich Platz angeboten und mich angehört, und ich habe ihnen das Manuskript zum Lesen dagelassen. Wenn ich aber nach einigen Tagen wiederkomme, finde ich eine ganz andere Atmosphäre. Derselbe Mann hat keine Zeit mehr für mich. Er läßt mir durch einen Angestellten sagen, die Sache sei nichts für seinen Verlag, und gibt mir das Manuskript zurück. Warum? Warum, ich bitte Sie! Und woher dieser plötzliche Wandel? Vor der Lektüre so, und nach der Lektüre ganz anders! Vergebens schreibe ich und gehe wieder hin, niemand will mich empfangen und anhören, und das wiederholt sich schon seit Jahren, und da es überall und immer wieder auf dieselbe Art geschieht, ist mir endlich klar geworden, daß es sich nur um eine Verschwörung handeln kann, eine Verschwörung gegen mein Werk und damit gegen den Menschen und seine Größe. Vielleicht ist mein bescheidenes, aber originelles Werk gerade jenes Glied in der Beweiskette für diese Größe, das noch fehlt. Jenes winzige, aber wichtige und unentbehrliche Steinchen, das nur ich beitragen kann, und ohne welches das Bild für immer unvollständig bleiben wird. Vielleicht will man mit dieser Verschwörung gerade das bezwecken? Nun sind Sie in die Sache eingeweiht. Jetzt wissen Sie, was niemand außer mir weiß: bei wem und worin diese Verschwörung gegen mich besteht. Und ich frage Sie jetzt: Wollen Sie auf meiner Seite stehen, besser gesagt, auf der Seite des Menschen, oder auf der Seite dieser unmenschlichen Verschwörung?«

Der Mann sprang vor Erregung auf. Auch ich stand auf, in der vergeblichen freudigen Hoffnung, der Richter habe die Absicht, sich zu verabschieden. Aber seine Augen wurden düster und blitzten zornig. Seine bisher zu verzweifeltem Gebet verknoteten Hände fuhren auseinander, und der schwere, knochige steingraue Zeigefinger seiner Rechten stieß mir in die Brust.

»Das frage ich Sie! Diese Antwort sind Sie mir schuldig: ja oder nein?«

Und ich hatte weder Gedanken noch einen Entschluß im Kopf. Keine Rettung am Horizont. Ich war ganz in eine seltsame Angst und in ein großes Mitleid verstrickt. Ich mußte mich so sehr verändert haben, daß selbst dieser unglückliche Mann in Trance, der sonst nichts um sich her sah und begriff, bemerken mußte, wie blaß, verwirrt und hilflos ich war, und mich bemitleiden mußte. Er senkte seinen starr auf mich gerichteten Finger, zog seine Hand zurück und sagte mit einer weicheren Stimme:

»Ja, das ist die Frage. Und auf diese Frage müssen wir eine Antwort finden. Ich schlage vor, daß wir uns setzen und sie suchen.«

»Ja, setzen wir uns«, sagte ich hoffnungslos, in mein Schicksal ergeben, und unterdrückte einen schweren Seufzer.

Aska und der Wolf

Dies geschah in der Welt der Schafe auf der Steilen Wiese. Als Aja, ein großes Schaf mit dichter Wolle und runden Augen, ihr erstes Lämmchen zur Welt brachte, war es, wie alle anderen neugeborenen Lämmer, ein Häufchen feuchter Wolle, das zu quietschen anfing. Es war ein Mädchen und es war ein Waisenkind, weil Aja gerade in diesen Tagen ihren Mann verlor, den sie sehr geliebt hatte. Aja nannte das Kind Aska, weil dieser Name so gut zu einer künftigen Schönheit paßte.

In den ersten Tagen folgte das Lamm treu seiner Mutter, wie es auch die anderen Lämmer tun, sobald es aber gelernt hatte, auf seinen steifen und ungewöhnlich langen Beinchen zu laufen und selbständig zu weiden, begann es, seine Launen zu zeigen. Aska blieb nicht mehr in der Nähe der Mutter, hörte nicht auf ihre Rufe und auf die Glocke des Leithammels, sondern liebte es, auf den Wegen umherzuirren, die sie selbst gefunden hatte, und sich einen Weideplatz auf entlegenen Wiesen zu suchen.

Die Mutter warnte ihr ansonsten braves, schönes und gescheites Kind, überschüttete es mit Ratschlägen und Vorwürfen und führte ihm alle Gefahren vor Augen, die einem bei solchem Betragen in dieser Gegend zustoßen konnten. In der Nähe war immer ein listiger und blutrünstiger Wolf, dem die Hirten nichts anhaben konnten, der die Schafe und die Lämmer riß, besonders wenn sie sich von der Herde entfernten. Aja machte sich Sorgen und fragte sich oft, wem ihr Kind nur nachgeraten sein könne, wo es doch ein Mädchen war, denn es war sehr eigensinnig und unruhig. Wem Aska auch nachgeraten sein mochte, dieser kleine Stöpsel – so nannte man in der Schafswelt die Backfische und die Knaben – blieb die ewige Sorge der Mutter. In der Schule lernte Aska gut und machte Fortschritte, aber jedesmal wenn die Mutter zur Lehrerin ging, um sich nach den Noten und dem Betragen zu erkundigen, bekam sie zur Antwort, daß ihr Kind begabt sei und leicht Vorzugsschüler werden könnte, wenn es nur nicht so lebhaft und zerstreut wäre. Nur im Turnen hatte Aska immer ein Sehr gut.

An dem Tag, da Aska mit gutem Erfolg eine Klasse beendet hatte, ging sie zu ihrer Mutter und sagte, daß sie in die Ballettschule gehen wolle. Die Mutter widersetzte sich ihrem Wunsch und führte viele Einwände an, von denen einer überzeugender war als der andere. Sie erklärte Aska, daß es unter ihren weiblichen Vorfahren nie etwas anderes gegeben habe als stille Hausfrauen. Die Mutter setzte Aska auseinander, daß die Kunst kein Beruf sei, der einen ernähren könne, und daß der Weg zur Kunst ungewiß, trügerisch und schwer sei, und daß der Tanz die schwierigste und trügerischste aller Künste sei, übrigens gefährlich und mit schlechtem Ruf behaftet. Kein braves Lämmchen aus guter Familie habe je diesen

Weg beschritten, und so weiter. Was würde, so fragte die Mutter zuletzt, die ganze Schafswelt sagen, wenn sie hörte, daß ihre Tochter diesen Weg eingeschlagen habe.

So versuchte die besorgte und wohlmeinende Mutter, Aska diesen Wunsch auszureden. Da sie aber die Launen ihrer Tochter gut kannte, wußte sie schon im voraus, daß sie sich auf die Dauer ihrem Wunsch nicht würde widersetzen können. So gab sie schließlich nach. Sie ließ die Kleine in die Ballettschule für Lämmer einschreiben, in der Hoffnung, daß Askas Unruhe auf diese Weise gezähmt werden könne, und obwohl die meisten Schafe und Hammel in ihrer Herde ihren Entschluß verurteilten.

Aja stand diesem Gerede der Schafe und Hammel im Stall und auf der Wiese keineswegs gleichgültig gegenüber, sie liebte aber ihr Kind so sehr, daß sie selbst diejenigen seiner Eigenschaften, die sie nicht billigen konnte, in Kauf nahm. Allmählich fand sich das Mutterschaf mit dem Wunsch der Tochter ab und begann, die Sache anders zu betrachten. Sie stellte sich die Frage, was schließlich an der Kunst Häßliches sein könne, noch dazu, wo der Tanz die edelste aller Künste war, die einzige, zu deren Ausführung man sich ausschließlich des eigenen Körpers bediente.

Dieses Resignieren fiel ihr um so leichter, als die kleine Aska viel Talent und Eifer zum Tanz zeigte und sichtlich Fortschritte machte. Dazu war das Mädchen so unschuldig und ahnungslos, wie man es sich nur wünschen konnte. Sie konnte nur ihre gefährliche Gewohnheit, abgelegene Wiesen und Weiden aufzusuchen, nie aufgeben, und eines Tages geschah gerade das, wovor Aja solche Angst hatte.

Aska hatte die erste Klasse der Ballettschule mit ausgezeichnetem Erfolg hinter sich gebracht und sollte gerade in die zweite aufsteigen. Es war Herbstbeginn mit einer noch kräftigen Sonne, die erst ganz unmerklich blasser zu werden begann, und mit warmen kurzen Regenschauern, nach denen über der feuchten, hellbeleuchteten Landschaft immer ein fröhlicher Regenbogen erschien. Aska war an diesem Tag besonders heiter, lebhaft und – zerstreut. Von der Frische des Tages und von der Schönheit der saftigen Grashalme angelockt, kam Aska immer mehr von der Wiese ab und näherte sich immer mehr dem Rand des weit entfernten Buchenwalds; schließlich ging sie sogar hinein. Dort war das Gras, wie es Aska schien, besonders saftig, und es wurde, je tiefer sie in den Wald hineinging, immer saftiger.

Im Wald war noch milchiger Nebel, der sich vor der Sonne zurückzog, Überbleibsel eines seltsamen nächtlichen Spiels. Alles war weiß und hell und still. Die schwache Sicht und die völlige Stille machten aus dem Wald eine verzauberte Gegend, in der die Weite und der Raum kein Maß hatten und in der die Zeit ihre Bedeutung verloren hatte.

Aska schnupperte an den alten, gebeugten Buchen, die mit Moos bewachsen waren und deren Geruch sie wie eine Erzählung von ungewöhnlichen Ereignissen trunken machte, sie lief über grüne Lichtungen, und es schien ihr, als habe diese Geschichte kein Ende, und als seien die ungewöhnlichen Ereignisse ohne Zahl. Als sie gerade auf einer dieser Lichtungen war, stand sie plötzlich Aug in Aug mit dem schrecklichen Wolf. Der alte, erfahrene und freche Wolf hatte sich in der Gegend, in der es zu dieser Jahreszeit für gewöhnlich keine Wölfe gab, hinuntergeschlichen. Sein schäbiges Fell, das grünlich und bräunlich war, ermöglichte es ihm, sich der Farbe der Buchen und des Grases, das schon zu welken angefangen hatte, anzugleichen.

Die herrliche Gegend, die Aska bisher begeistert und trunken gemacht hatte, wurde plötzlich wie ein dünner und trügerischer Vorhang beiseite geschoben, und vor ihr stand der Wolf mit funkelnden Augen, mit eingerolltem Schwanz, und seine Zähne waren zu einem Lächeln gefletscht, das schrecklicher war, als es ihr die Mutter je ausgemalt hatte. Aska gefror das Blut, und ihre Beinchen wurden steif wie Holz. Es fiel ihr ein, daß sie die Ihren zu Hilfe rufen sollte, sie öffnete auch den Mund, aber es kam keine Stimme heraus. Vor ihr stand der Tod, unsichtbar und einzig und allgegenwärtig, grausam und unglaublich in seiner Grausamkeit.

Der Wolf machte einen Halbkreis um sein unbewegliches Opfer, mit einem langsamen, weichen Schritt, der dem Sprung vorausgeht. Es schien, als betrachte er ungläubig – soweit die Wölfe ungläubig sein können – diesen Stöpsel und als frage er sich voll Zweifel – des Zweifels sind die Wölfe fähig – und in der Angst vor einer Falle, wieso dieses junge, weiße und schöne Lämmchen sich hierher, bis in die Nähe seiner Zähne, hatte verirren können.

Für das Opfer waren dies unerwartete, seltsame Augenblicke zwischen der Todesangst, die es schon verschlungen hatte, und der unvorstellbaren, blutigen und endgültigen Tatsache, die sich hinter dem Wort »Tod« verbarg. So wurde der erstarrten Aska noch ein bißchen Zeit gelassen, gerade da, wo sie es nicht erwartet hatte, aber so wenig, daß es kaum als Zeit zu begreifen war. Es gab ihr Kraft, sich zu bewegen, aber nicht um sich zur Wehr zu setzen, weil sie dazu gar nicht imstande gewesen wäre. Ihre letzte Bewegung konnte nur Tanz sein.

Schwer wie in einem Alptraum machte das Mädchen den ersten Schritt, einen jener Schritte, wie man sie bei den Übungen an der Stange macht, und die dem richtigen Tanz noch gar nicht gleichen. Gleich darauf machte sie den zweiten und den dritten Schritt. Es waren die bescheidenen und armseligen Schritte eines zum Tod verurteilten Körpers, sie reichten aber aus, um den erstaunten Wolf für einen Augenblick zu lähmen, und da sie schon einmal angefangen hatte, reihte Aska einen Schritt an den anderen, in dem furchtbaren Gefühl, sie dürfe nicht aufhören, denn sobald zwischen zwei Bewegungen nur eine Sekunde verstrich, konnte durch diese Lücke der Tod eintreten. Sie vollführte die »Schritte« der Reihe nach, wie sie sie in der Schule gelernt hatte, und als höre sie die Stimme ihrer Lehrerin: »Eins – und – zwei! Eins – und – zwei – und – drei!«

Und so ging es weiter. Alles, was sie nur im Lauf des ersten Schuljahres gelernt hatte, wiederholte sie jetzt. Ihre Bewegungen waren kurz und schnell und konnten die Zeit, die über ihr wie der unbewegliche Rachen des Todes drohte, nicht ausfüllen. Sie ging auf Figuren über, die man in der Schule ohne Stangen inmitten des Saales macht, doch ihre Kenntnisse darin und ihre Kraft dazu waren begrenzt. Sie war nur imstande, zwei oder drei Figuren richtig und vollkommen auszuführen, und sie führte sie fieberhaft aus: die erste, die zweite, die dritte, und dann war es aus mit ihren Kenntnissen und mit ihrer Geschicklichkeit. Sie mußte nun ihre Bewegungen wiederholen und hatte Angst, daß sie bei der Wiederholung ihre Anziehungskraft verlieren würden. Vergeblich versuchte sie, sich an etwas anderes zu erinnern, was sie zeigen konnte und womit sie den Abgrund, der sie am Ende ihres Spiels erwartete, überspringen konnte. Die Zeit verging. Der Wolf sah ihr zu und wartete noch, er begann sich ihr aber zu nähern. Und ihr waren weitere Kenntnisse des klassischen Tanzes verschlossen, und die Stimme der Lehrerin wurde immer leiser und verstummte vollkommen. Ihre Kenntnisse hatten ihr viel genützt, aber jetzt waren sie zu Ende. Die Kenntnisse hatten sie im Stich gelassen, die Schule konnte ihr nichts mehr bieten, sie mußte aber leben, und um leben zu können, mußte sie tanzen.

Und Aska begann zu tanzen, über jede Schulregel hinaus, anders als man es lernen und wissen kann.

Wer weiß, ob die Welt, seitdem sie besteht, jemals Ähnliches gesehen hatte, wie der bescheidene und namenlose Wald oberhalb der Steilen Wiese nun sah.

Über die hellgrünen Lichtungen, durch die engen Zwischenräume zwischen den grauen stämmigen Buchen, über den glatten braunen Teppich aus Laub, der mit den Jahren immer dichter geworden war, tanzte das

Schäfchen Aska rein und schlank, kein Lamm mehr, aber auch noch kein Schaf, leicht und beweglich wie Palmkätzchen, die der Wind vor sich her trägt. Sie sah grau aus, sobald sie in die Schwaden des lockeren Nebels geriet, und hell, wie von innen erleuchtet, wenn sie auf eine von der Sonne beschienene Lichtung trat. Hinter ihr her ging mit unhörbarem Schritt und ohne den Blick von ihr zu wenden der alte Wolf, der langjährige und unsichtbare Henker ihrer Herde.

Der listige, kalte und sprichwörtlich vorsichtige Wolf, dem weder Menschen noch Tiere etwas anhaben konnten, war zuerst überrascht. Die Überraschung verwandelte sich in Verwunderung und in eine seltsame, unwiderstehliche Neugier.

Zu Anfang konnte er sich noch darauf besinnen, wer er war, wo er war und was er zu tun hatte, und sagte zu sich selbst: »Ich werde mir zuerst dieses noch nie gesehene Wunder anschauen. So werde ich nicht nur Blut und Fleisch dieses merkwürdigen Stöpsels genießen, sondern auch seinen ungewöhnlich komischen, verrückten und verrückt unterhaltenden Tanz, wie ihn Wolfsaugen noch nicht gesehen haben. Sein Blut und sein Fleisch werden mir ohnehin nicht entgehen. Ich kann den Stöpsel schlachten, wann ich will, aber ich werde es erst tun, wenn er mit seinem Tanz fertig ist, wenn ich mich an diesem Wunder sattgesehen habe.«

Während der Wolf so dachte, ging er hinter dem Schäfchen her, blieb stehen, sobald es stehenblieb, und schritt weit aus, sobald es den Rhythmus seines Tanzes beschleunigte.

Aska dachte an nichts. Sie holte aus ihrem kleinen Körper, der mit lauter reinen Säften von Lebensfreude durchströmt zu sein schien, und der doch zum unvermeidlichen und baldigen Tod verurteilt war, ungeahnte Kräfte, unglaubliche Geschicklichkeit und Vielfalt der Bewegungen. Sie wußte nur das eine: Sie lebte und sie würde nur so lange leben wie sie tanzte, desto länger leben, je besser sie tanzte. So tanzte sie. Es war kein Tanz mehr, sondern in Wunder.

Und so ereignete sich ein neues Wunder: Die Verwunderung des Wolfs wandelte sich zu richtiger Bewunderung, eine Fähigkeit, die bei den Wölfen ansonsten unbekannt war, denn wären die Wölfe imstande, irgend etwas auf der Welt zu bewundern, dann wären sie nicht das, was sie sind. Und dieses unbekannte Gefühl der Bewunderung berauschte den Wolf so sehr, daß das einjährige Schäfchen, vor Todesangst schon erstorben, ihn hinter sich herschleppte, als führe es ihn an einer unsichtbaren, aber festen Leine, die an einem unsichtbaren, durch die Wolfsschnauze gezogenen Ring befestigt wäre.

Während er so schlafwandlerisch einherging, ohne es zu sehen, wohin er trat, und ohne sich über die Richtung, in die sie gingen, Rechenschaft zu geben, sagte der Wolf immer wieder zu sich: »Das Blut und das Fleisch dieses Stöpsels werden mir nicht entgehen. Ich kann ihn jeden Augenblick zerreißen – wann ich will. Aber ich muß mir dieses Wunder noch anschauen. Nur noch diese Figur – und diese ...«

Und so ging es weiter, eine Figur nach der anderen,

und jede war neu und aufregend und kündigte schon eine andere an, die noch aufregender zu sein versprach. So gingen sie über die Lichtungen, durch dämmrige, feuchte Gänge unter den Buchen, die mit trockenem Laub bedeckt waren.

Die kleine Aska fühlte hundert Leben in sich und nützte die Kraft dieser hundert Leben dazu aus, ihr einziges Leben, das sie schon verloren wußte, zu verlängern.

Wir wissen nicht, wieviel Kraft und wie viele Möglichkeiten jedes Lebewesen in sich birgt. Wir ahnen nicht einmal, was wir alles können. Wir sind da und vergehen, ohne zu erfahren, was wir alles hätten sein können, und was wir hätten tun können. Nur in großen und außerordentlichen Augenblicken entdeckt man dieses Geheimnis, und ein solcher Augenblick war es, in dem Aska um ihr verlorenes Leben tanzte. Ihr Körper ermüdete nicht, und ihr Tanz schöpfte aus sich selbst neue Kraft. Und so tanzte Aska: Sie vollführte immer neue und neue Figuren, die in keiner Ballettschule gelehrt werden.

Als sie das Gefühl hatte, daß der Wolf sich zu besinnen begann, was er eigentlich vorgehabt hatte, wurden ihre Tanzschritte immer schneller und kühner. Sie setzte mit ungewöhnlichen Sprüngen über umgeworfene Baumstämme, die den Wolf zum Lachen und zu neuer Bewunderung hinrissen und in ihm den Wunsch nach Wiederholung erweckten. Sie sprang auf die umgeworfenen Buchen und stand auf ihren Mooskissen, nur auf den Hinterbeinen, und sie verwandelte sich in einen weißen lustigen Kreisel, der die Augen des Zuschauers blendete. Dann lief sie hochaufgerichtet, nur auf den

Vorderbeinen, mit kleinen und immer schnelleren Schritten eine Schneise entlang, die grün zwischen den Bäumen lag. Als sie zu einem freien Abhang kam, ließ sie sich kopfüber im Stil einer kühnen Skiläuferin die Piste aus trockenen Blättern hinuntergleiten, aber so schnell, wie wenn jemand ein brillantes Glissando auf den Klaviertasten macht, und der Wolf rannte ihr schnell nach, nur um nichts von dem Tanz zu versäumen. Er sagte noch immer zu sich, daß ihm das Blut und das Fleisch dieses Stöpsels früher oder später nicht entgehen würden und daß er nur den Tanz zu Ende sehen wolle. Aber er sagte das jedesmal kürzer und mutloser, weil der Tanz ihn immer mehr erfüllte und alles andere verdrängte.

Weder Aska noch der Wolf maßen die Zeit und die Länge ihres Weges. Sie lebte, und er genoß.

Als die Hirten Ajas schmerzerfülltes Blöken hörten und die Unruhe, die sich von Herde zu Herde verbreitete, bemerkten, wählten sie zwei junge und kühne Burschen aus und schickten sie in den Wald, um das ungehorsame, verlorene Lämmchen zu suchen. Einer von ihnen trug eine starke Holzkeule, und der andere ein Gewehr, wenn man das geschwärzte Feuerrohr so nennen konnte. Es war ein berühmtes altes Stück, und man erzählte, daß der Vater des jungen Hirten gerade vor seiner Stalltür einen ausgehungerten Wolf getötet habe. Man wußte nicht, ob diese Erzählung auf Wahrheit beruhte oder nicht; jedenfalls war dieses Feuerrohr die einzige Waffe auf der Steilen Wiese, und es diente eher dazu, den Mut und das Selbstvertrauen der Hirten zu heben, als die Wölfe wirklich zu bedrohen.

Die zwei Burschen kamen bis zum Waldrand und zögerten dort, weil sie nicht wußten, in welche Richtung sie gehen sollten. Der Wald hatte tausend Eingänge, wer hätte dort die beinahe unsichtbaren Spuren der Lammklauen entdecken können? Es schien ihnen am sichersten, dem grünen saftigen Gras nachzugehen. Sie hatten Glück. Kaum waren sie etwas tiefer in den Wald eingedrungen und auf eine Anhöhe gelangt, als sie in der Tiefe unter sich ein seltsames Schauspiel erblickten. Sie blieben stehen und versteckten sich. Durch die Löcher zwischen den Zweigen konnten sie unbemerkt beobachten, was da unten vor sich ging. Aska überquerte in kühnen und regelmäßigen Pirouetten eine grüne Lichtung, und hinter ihr schleppte sich, einige Schritte von ihr entfernt, ein großer schäbiger Wolf mit gesenkter Schnauze, ganz in ihren Anblick versunken.

Die Hirten blieben einige Augenblicke lang wie versteinert vor diesem Wunder stehen, aber dann rafften sie sich auf. Als Aska zu den ersten Bäumen kam und dort plötzlich die Form und den Rhythmus ihre Tanzes änderte, und der Wolf noch immer auf der Lichtung stand, wo er seiner ganzen Länge nach zu sehen war, nahm der ältere Hirte das Gewehr von der Schulter, zielte und schoß. Der Wald widerhallte, und das trockene Laub flog auseinander, zusammen mit den wenigen erschrockenen Vögeln.

Am Rande der Lichtung geschah etwas Unerwartetes. Wie ein im Flug getroffener Vogel, mitten in ihrer Bewegung jäh unterbrochen, fiel Aska, während der Wolf wie ein grüner Schatten in den Wald glitt.

Die Hirten liefen hinzu und fanden Aska ohnmächtig. Sie hatte keine Verletzung davongetragen, aber sie lag auf dem Gras des Waldes wie tot. Der Wolf ließ eine Blutspur zurück.

Der ältere Hirte lud sein Gewehr von neuem, und der Junge nahm seine Keule in beide Hände, und so gingen sie der Blutspur nach. Sie gingen langsam und vorsichtig. Aber sie mußten nicht weit gehen. Der verwundete Wolf hatte nur mehr die Kraft gehabt, noch einige hundert Schritt zu laufen, und war dann in einem Dickicht liegengeblieben. Der hintere Teil seines Körpers war gelähmt, aber mit den Vorderpfoten scharrte er in der Erde, holte mit dem Kopf aus und fletschte die Zähne. Es war nicht schwer, ihn zu erledigen.

Die Sonne hatte erst die Hälfte des Himmels hinter sich gebracht, als die Hirten zurückkamen. Sie kamen die dunkelgrauen Weiden herunter, zwischen den Herden und dem Pferch. Der Jüngere hatte dem Wolf mit seinem Tuch die Hinterbeine zusammengebunden und schleifte so dessen blutigen und langgestreckten Körper den Abhang herunter. Der Ältere trug das weiße Lamm. Er hatte es sich nach Hirtenart über den Nacken gelegt, und Askas schöner Kopf hing ihm wie tot über die linke Schulter.

Die Freude auf der Steilen Wiese war groß. Es gab Glückwünsche, Lärm und Gesang, Vorwürfe und Tränen, Aufschreie und ein lustiges Blöken ohne Ende.

Aska kam zu sich. Langsam erlangte sie das Bewußtsein, während sie unbeweglich, wie gelähmt im Gras lag. Sie glich mehr einem verlorenen Häufchen Wolle als einem Schaf. Es gab keinen Muskel und keine Ader an ihr, die ihr nicht weh taten. Ihre Mutter umsprang sie mit Tränen in den Augen und überglücklich und rief immer neue Schafe und Hammel herbei, damit sie sich dieses Wunder ansehen sollten.

Aska war lange krank und erholte sich nur langsam von dem schrecklichen Erlebnis, doch ihre Jugend und ihr Lebenswille, die Pflege der Mutter und das allgemeine Mitgefühl aller Bewohner der Steilen Wiese besiegten endlich die Krankheit. Aska wurde gesund und war nun eine gehorsame Tochter und eine gute Schülerin und mit der Zeit wurde sie Primaballerina auf der Steilen Wiese.

Auf der ganzen Welt schrieb, erzählte und sang man davon, wie das Schäfchen Aska den schrecklichen Wolf mit seinem Tanz besiegt hatte. Aska selbst erzählte nie von ihrer Begegnung mit dem Wolf und von ihrem Tanz im Wald. Denn niemand erzählt gern von seinen größten und schwersten Erlebnissen. Erst als einige Jahre vergangen waren und als Aska diese schwere Erfahrung überwunden hatte, stellte sie nach ihrer Idee ein berühmtes Ballett auf die Beine, das die Kritiker und das Publikum »Der Tanz mit dem Tod« nannten; Aska selbst nannte es »Der Tanz ums Leben«.

Danach lebte sie noch lange und glücklich, wurde eine weltberühmte Tänzerin und starb erst in hohem Alter.

Auch heute, nach so vielen Jahren, tanzt man ihr berühmtes Ballett, in dem die Kunst und der Lebenswille alles Böse besiegen, selbst den Tod.